시험에 절대
안 나오는 영단어와
하찮고도
재미진 이야기

시험에 절대 안 나오는 영단어와 하찮고도 재미진 이야기

ⓒ 전은지 2024

초판 1쇄   2024년 09월 02일

지은이   전은지

출판책임   박성규   펴낸이   이정원
편집주간   선우미정   펴낸곳   도서출판 들녘
디자인진행 한채린   등록일자   1987년 12월 12일
편집   이수연·김혜민·이동하   등록번호   10-156
디자인   하민우·고유단   주소   경기도 파주시 회동길 198
마케팅   전병우   전화   031-955-7374 (대표)
경영지원   김은주·나수정   031-955-7381 (편집)
제작관리   구법모   팩스   031-955-7393
물류관리   엄철용   이메일   dulnyouk@dulnyouk.co.kr
                            홈페이지   www.dulnyouk.co.kr

ISBN   979-11-5925-893-0 (03840)

일러두기

1. 글맛을 살리기 위해 온라인상에서 많이 사용하는 축약어, 신조어 및 속어 등을 사용하였다.
2. 본문에 사용된 사진 대다수는 공용미디어의 자료를 다운 받은 것이고, 일부는 셔터스톡 이미지를 사용했다.

이야기 속 가성비 사악한 영어

여러분과 영어 시험은 어떤 관계인가요? 저와 영어 시험은 그야말로 애증의 관계입니다. 잘 나온 시험 결과는 애정하지 않을 수 없지만, 그놈의 좋은 결과라는 게 감나무에서 감 떨어지듯 얻어지지 않으니 미움을 넘어 증오심이 생기기도 합니다. 괜찮은 점수를 얻기 위해 영어 시험 준비에 쏟아부은 시간과 에너지, 그리고 얇아지다 못해 너덜너덜 처참해진 지갑을 생각할 때 영어 시험이라는 건, 가성비가 사악하기 짝이 없지만 잘만 나오면 먹고사는 데 큰 도움이 되니 좋아하기도 어렵지만 멀리할 수도 없는, 그야말로 애(愛)와 증(憎)을 고루 갖춘 대단히 고약한 관계입니다. 아마도 많은 한국인들은 이런 애증의 관계를 짧게는 수년, 길게는 수십 년씩 이어가고 있을 것입니다. 저처럼 말입니다.

그럼, 취업에 써먹거나 어디 가서 무시당하지 않을 정도의 괜찮은 영어 점수를 받으려면 어떻게 해야 할까요? 영어 점수를 잘 맞는 방법은 저도 모릅니다. 알았다면 저부터 그 방법으로 시험을 준비해서 최고 점수를 받아 'OO시험 만점자 비법 최초 공개! 모든 종류의 영어 시험 만점 쌉가능' 이딴 제목의 책을 내서 베스트셀러 작가, 일타 영어 강사가 되어 조물주보다 좋다는 건물주가 되어 떵 떵거리며 살고 있을 것입니다.

그런 비법을 몰라서 영어 점수도 시원치 않고 건물주도 아니지만, 다만 영어 공부가 덜 힘들다, 덜 지루하다고 착각하거나 심지어 영어 공부가 재미있다며 정신 승리도 할 수 있는 저만의 방법은 있습니다. 사실 별거 아닌데, '시험'이 아니라 '영어'에 방점을 두고, 재미있는 사회·문화·역사 이야기로 접근하는 것입니다. 영어를 너무 못 하면, 이를테면 중학교 이하 수준이라면 이 방법을 시도하기는 어렵습니다. 하지만 고등학교 수준 정도는 된다면 누구나 시도해볼 수 있는 방법입니다. 영어를 모국어로 사용하는 고학력자조차 무슨 말인지 몰라 혀를 내두르는 극악무도한 수능 영어 수준이 아니라 영어 교과서 수준이면 충분합니다.

이 방법을 시도하려면 시험에 나오는 소위 빈출·필수 어휘는 잊어야 합니다. 그리고 영어 공부의 기준을 흥미와 재미로 바꾸어야 합니다. 흥미와 재미를 어디서 찾느냐 하면, 영어권 포털 사이트나 유튜브 등에서 영어로 된 재미있고 흥미로운 기사, 글, 영상 등을 학습 자료로 이용하는 겁니다. 이렇게 읽고 듣고 보는 과정에서 무슨 내용인가 이해하려면 모르는 단어나 표현을 찾게 됩니다. 장 담하는데 언제나 모든 글·영상에서 모르는 표현이 예외 없이 나올 겁니다. 이렇게 찾다 보면 시험에서 만날 가능성이 작거나 절대 만 날 리가 없는 표현을 꽤 만납니다. 당연히 '빈출 표현도 다 못 외우 는데 이런 거 찾아볼 시간이 어디 있냐?'라는 생각이 들 겁니다. 하 지만 흥미로운 내용이 뭔지 알아내려면 빈출에 상관없이 모르는 단 어와 표현은 찾아보아야 합니다. 이런 접근 방법은 시험 점수를 올 리는 데 아무짝에도 쓸모없는 표현을 강제로 알게 되는 부작용이 있지만, 동시에 시험 점수를 올리는 데 상당히 쓸모 있는 표현, 구 문도 자연스럽게 알게 되는 효과도 있습니다. 이 과정에서 재미와 흥미를 덤으로 얻게 되어, 또 다른 재미있고 흥미로운 내용의 영문 기사나 영상을 찾아 읽고 보고 듣는 과정을 부담 없이 이어갈 수 있습니다.

　이렇게 하면 영어 점수가 느닷없이, 빛의 속도로 수직상승할까 요? 그렇지 않습니다. 그럼 빛의 속도보다는 느리지만 문제집을 풀 며 빈출·필수 어휘 위주로 공부하는 것보다는 빨리 점수가 올라갈 까요? 안됐지만 그렇지 않을 가능성이 높습니다. 다만 영어를 덜 싫 어하게 될 가능성, 영어 공부가 덜 괴로워질 가능성은 있습니다. 개 인적으로 영어를 덜 싫어하고 영어 공부가 덜 괴로워지면 영어를 더 잘할 가능성이 높아진다고 믿습니다. 영어를 더 잘하게 되면, 결국 영어 점수도 전보다 더 좋아질 것입니다.

　　오직 시험에 나오는 단어만 외우리라, 이러지 말고 재미있고 흥미로운 읽기, 보기, 듣기에 방점을 찍고 영어에 다가간다면 영어는 시험을 봐서 좋은 점수를 맞아야 하는 교과목이 아닌, 그냥 외국어가 됩니다. 배우는 건 쉽지 않지만 배워두면 쓸모 있고 좋다는 건 다들 인정하는 그 외국어 말입니다. 많은 이들에게 '영어'와 '시험'의 조합은 '애증(愛憎)'이 아니라 그냥 '증(憎)'일 수 있습니다. 여러분이 그런 경우라면, '시험'은 떼어내고 '영어' 하나로 애증의 관계를 재정립해보면 어떨까요? '영어'를 흥미와 재미 관점에서 접근하면 '증'이 '애증'으로, '애증'이 '애'로 바뀔 수 있습니다. 영어와의 관계가 그저 애정뿐인 관계로 바뀐다면, 영어 시험 역시 '증'이 '애증'으로, '애증'이 '애'로 바뀔지도 모릅니다(장담은 못 합니다).

　　이 책에는 시험에 나올 거 같지 않은 영어가 약간 있고, 흥미로운 이야기는 많습니다. 이 약간의 非빈출 영어가 영어의 재미와 흥미를 일으켜주고, 더 나아가 재미있고 흥미로운 다른 영어 이야기로 이어지기를 기대합니다.

차례

humbug

humbug는 hum(콧노래 부르다, 윙윙거리다)+bug(벌레)와 같이 두 단어가 합쳐진 모양새지만 실제 의미는 '사기, 협잡', '사기 치다, 속여서 빼앗다'이다. 잘 아는 두 단어의 합성어라 여기고 '콧노래 소리를 내는 벌레'로 생각하면, 합리적인 추론이라 자부하며 정신승리를 할 수는 있으나 정답과는 거리가 매우 멀다.

입을 다문 채 가사 없이 코에서 소리가 나오도록 노래하는 '허밍'은 hum에서 나온 단어이다. humming을 검색하면 '허밍, 콧노래'라고 나온다. 'humming bird'라는 새도 있다. 우리말로 벌새인데, 새 중에서 가장 작은 새이다. 벌새는 날갯짓을 엄청 많이, 엄청 빨리하는데 이 날갯짓 소리 때문에 humming bird(윙윙 소리를 내는 새)라고 불린다. 우리말 '벌새'는 아마도 새지만 벌만큼 작다는 의미일 것이다.

humbug 하면 〈위대한 쇼맨〉 영화와 뮤지컬의 주인공인 P.T. 바넘(Phineas Taylor Barnum, 1810~1891)을 언급해야만 한다. 바넘이 master of humbug 야바위 명장이기 때문이다. 그리고 바넘은 "The American people like to be humbugged(미국인들은 속는 걸 좋아한다)."라는 황당하고도 난감한 말을 남긴 것으로도 유명하다.

이 말이 미국인 입장에서는 황당할 수 있지만, 나름의 근거가 있기에 난감하기도 하다. 사실 나는 이 말이 미국인뿐 아니라 일반적인 사람들 다수에게 적용된다고 생각한다. 내가 언제 속임 당하는 걸 좋아했냐면서 발끈할 수도 있지만, 잘 생각해보면 예상보다 혹은 기대보다 우리는 속임 당하는 것을 좋아하는지도 모른다.

⭐ 벌새

바넘의 humbug 예는 많이 알려져서 알 만한 사람은 다 안다. 제일 유명한 게 원숭이 뼈와 물고기 뼈를 접착제로 허접하게 이어 붙여 피지섬에서 발견된 인어라 우긴 사건일 것이다. 당연히 관람료를 받고 전시했고, 인어 화석을 보기 위해 몰려든 사람들이 많아 수익이 쏠쏠했다.

80대 흑인 할머니인 조이스 헤스(Joice Heth)를 전시 무대에 올리기도 했는데, 할머니를 누가 구경하러 오나 싶겠지만 역시 수익이 쏠쏠했다. 바넘이 헤스 여사를 161살 먹은 할머니로 둔갑시켜 젊은 시절 조지 워싱턴의 간호사였다고 홍보하자 "세상에, 161살이라니!"라고 감탄하면서 관람료를 내겠다는 사람들이 예상보다 많았다. 어떻게 이런 일이 가능했을까? 첫째, 161살이라는 비현실적이고 비상식적인 말이 먹힐 정도라면 (80대라서 이미 노안이었겠지만) 헤스 여

● P. T. 바넘 서커스단의
수염 난 여인

● P. T. 바넘

사는 비현실적이고 비상식적인 수준의 노안이었던 모양이다. 이 정도도 놀랄 일인데, 헤스 여사 사망 뒤에 벌어진 일에 비하면 이 정도 humbug는 놀라 자빠질 일도 아니다.

1836년에 헤스 여사가 사망하자 바넘은 뉴욕 살롱에서 50센트 관람료를 낸 1,500명의 관중 앞에서 160살이 넘은 사람의 뱃속은 어떤지 보여주겠다며 시신을 해부했고, 이후 해부한 시신을 관람료를 내는 대중에게 공개했다. 오늘날의 사회규범과 정신세계로는 도무지 상상할 수도 이해할 수도 용납할 수도 없지만, 당시에는 바넘의 홍보술과 사기 행각에 자발적으로 속아 넘어가 준 사람들이 많았다. 단순히 지식이 부족해서 그랬을까? 모르고 속았을 수도 있고 의심스럽지만 속아준 것일 수도 있다. 그러나 어느 누구도 강요에 의해 속은 건 아니므로 '자발적으로' 속은 것이 확실하다 하겠다. 그러니 바넘이 미국인들을 그렇게 속여먹고도 당당하게 "미국인은 속임 당하는 걸 좋아한다."고 말할 수 있었던 게 아닐까?

자타공인 master of humbug인 바넘조차 혀를 찬 사기꾼이, 다른 시대가 아닌 동시대에, 다른 나라도 아닌 같은 나라에, 심지어 같은 도시에 또 있었다. 미국인은 진심으로 속임 당하는 걸 좋아하나, 아니면 언제든 속임 당하려고 마음의 준비라도 하고 사나 하는 생각이 들 만도 하다.

1869년 10월 16일, 담배업자 조지 헐(George Hull)이 우물을 파다 엄청난 것을 발견했다. 뉴욕은 물론이고 미국 전역에 난리 부르스가 이어질 정도로 엄청난 것이었다. 뉴욕주 카디프라는 동네에서 조지 헐이 헛간 뒤에 있는 마당을 파다가 석고 조각상 같은 걸 발견했다. 조금씩 더 파보았는데 그 석고 조각상 같은 게 생각보다 훨씬 커서 손으로 끄집어낼 수 없었다. 조지와 우물을 파던 인부들이 당시 사용할 수 있는 장비를 총동원하여 파내고 끄집어내서 털어보니, 정말 엄청나게 컸다. 사람의 모습인데, 키가 3미터였다.

만약 이것이 오랜 시간에 걸쳐 돌처럼 굳은 사람, 즉 석화된 사람이라면 거인이 분명했다. 머리카락 같은 건 석화되지 않는다더니 정말 머리카락이나 수염은 없었고, 수백 혹은 수천 년간 풍화된 듯 석고 조각상 같은 것의 표면은 모공으로 의심되는 구멍도 많고, 생채기도 많고, 부식된 데도 많았다. 석화된 거인 유물이라며 엄청난 인파가 발굴 현장으로 몰려들었다. 몰려든 이들 중에는 자칭 과학자, 고생물학자들도 있었는데 이들 중에는 그것이 거인 화석, 즉 석화된 거인이 틀림없다고 증언한 사람도 있었다.

발굴 첫날 조지는 석화된 거인으로 추정되는 석고 조각상 같은 것을 대중에게 통 크게 무료로 공개했고, 사람들이 몰려오기 시작한 둘째 날부터는 주위에 텐트를 치고 돈통을 갖다 놓고 관람료를 받았다. 구경꾼이 얼마나 많았는지 조지 혼자만 돈을 번 게 아니라 인근 마을의 숙박시설과 식당, 가게도 돈을 꽤 벌었다.

인파 가운데엔 거인이 존재했다는 구약 성경 창세기 구절이 사실로 증명되었다고 주장하는 신학자들과 신도들이 많았다. 그뿐 아니라 종교와 상관없이 거인의 존재를 믿고 싶어 했던, 혹은 궁금해 했던 사람들도 있었다. 소문은 급속도로 퍼졌고 급기야 석고 조각상 같긴 하지만 석화된 거인이라 추정되는 이것을 사겠다는 사람이 나섰다. 실제로 데이비드 하눔(David Hannum)을 필두로 한 몇 사람들이 2만 3천 달러(현재 시세 원화로 약 7억 원)를 주고 이것을 구매해 뉴욕 시러큐스에 전시했다. 당연한 말이지만 입장료를 내야 볼 수 있었다. 거인이 존재했다는 증거를 확인하려는 적지 않은 사람들이 기꺼이 지갑을 열어 적지 않은 돈을 내고 적지 않은 시간 동안 줄을 서서 기다려 석고 '조각상 같은 것'을 구경했다.

이 소문이 바넘의 귀에 들어갔다. 좋게 표현하면 '홍보의 대가', 안 좋게 표현하면 '야바위의 명장'인 바넘은 이 소문을 듣자마자 눈썹이 휘날리게 데이비드 하눔을 찾아갔다. 그리고 그 '석고 조각상

텐트쇼 프랭카드

같은 것'을 자신에게 팔라고 제안했지만 하눔이 단칼에 거절했다. 바넘은 평소처럼 포기하지 않는 불굴의 의지를 활활 불태우며, 비밀리에 석화된 거인으로 추정되는 '석고 조각상 같은 것'의 모양을 알아내 똑같은 복제품을 만들었다. 그리고 이를 전시하며 시러큐스의 거인 조각상은 가짜이고 자신이 전시하는 게 진짜라고 대대적으로 광고했다. 실제 당시 광고지를 보면 genuine(진짜의), original(원본의) 같은 단어가 등장한다.

이 소문이 하눔의 귀에 들어갔다. 사람들이 돈을 내고 바넘의 가짜 전시물을 본다는 사실에 극대노한 하눔은 "There's a sucker born every minute(1분마다 멍텅구리(호구)가 태어난다)."는 유명한 명언을 남겼다(이게 유명한 명언이 된 건 안타깝게도 '세상은 멍텅구리 천지'라는 뜻의 이 말이 인정하고 싶지는 않지만 통렬한 진실을 담은 사실이기 때문이다. 그리고 이게 바넘의 말이라는 거짓 소문이 퍼진 것도 한 원인일 것이다). 그리고 가짜를 진짜로 속인다며 바넘을 고소했다. 이 고소로 석화된 거인으로 추정되는 '석고 조각상 같은 것'을 둘러싼 사건은 새로운 국면으로 접어들었다.

판사는 어느 것이 가짜인지 밝혀야 판결을 내릴 수 있었고, 애초에 이를 발굴해낸 조지 헐을 불러낼 수밖에 없었다. 1869년 12월 10일, 조지 헐은 석화된 거인으로 추정되는 '석고 조각상 같은 것'은 실제로 그냥 '석고 조각상'이라고 자백했다. 아마도 조지 헐의 자백에 다들 입을 모아 '헐~' 하지 않았을까 싶다. 그리고 판사는 애초에 조각상이 가짜이므로 바넘이 가짜의 가짜를 만든 건 사기가 아니라고 판단했다.

미국인들이 속임수 당하는 걸 좋아하는 게 아니라, 조지 헐이 너무 잘 만들었던 건 아닐까?
그럴 수도 있다. 한 지질학자(자칭 지질학자가 아니라 실제 학위가 있는 지질학자)는 '석고 조각상 같은 것'이 실제로 석화된 거인은 아니지만, 16세기에서 17세기 사이에 프랑스에서 제작된 조각상일 것이라고 추측했다. 다시 말해서 지질학자의 눈에도 수백 년은 된 듯 보였다는 뜻이다. 하지만 조지 헐이 이 사기 행각을 계획해서 준비한 게 1년이고, 완성된 석고 조각상을 밤에 몰래 뒷마당에 들여와 땅에 파묻고 1년을 지냈으니까 석고 조각상은 기껏해야 2년 정도밖에 안 된 것이다. 어지간히 잘 만들긴 했던 모양이다.

그런데 당시 모든 사람이 이게 석고 조각상처럼 보이긴 하지만 실은 석화된 거인이라고, 거인이 지구에 존재했다는 증거라고 우겼던 건 아니다. 코넬 대학의 초대 총장 앤드류 화이트(Andrew White)는 보나 마나 명백한 사기라고 일축했다. 근처에 이미 우물이 있는데 굳이 그 지점에 우물을 판 것부터 의심스럽다고 했다. 또 구약 시대에 거인이 살았다고 해도, 당시 거인의 모습을 본떠 만든 조각상이라고 해도 이는 무조건 사기일 수밖에 없다고 주장했다. 일단 형체가 구약 시대 인간의 모습이라 보기 어렵고, 딱 봐도 조악하게 만들어진 게 근대에 만들어진 게 분명하다는 것이다. 예일 대학의 고고학자 옷니엘 마쉬(Othniel C. Marsh) 역시 누가 봐도 재질이 석고라면서, 누군가 석고상을 만들어 땅에 묻은 것이라고 주장했다. 하지만 그리스도교 신도들과 신학자들은 이 '석고 조각상 같은 것'이 창세기에 나오는 '거인'의 존재를 뒷받침해주는 증거라 주장했고, 거인을 믿고 싶은 사람들 역시 모공까지 남아 있는 피부 좀 보라면서 누가 이런 걸 만들 수 있겠느냐며 석화된 거인이 맞다고 목에 핏대를 세웠다.

피 한 방울로 모든 질병을 진단할 수 있다며 테라노스(Theranos Inc.)의 가치를 10조 원까지 올려놓은 후 현재 유죄 판결을 받고 수감 중인 테라노스 창업자 엘리자베스 홈스(Elizabeth Holmes), 온몸과 온 집, 비행기와 자가용 등 구석구석 꼼꼼하게 명품으로 치장하고는 대부호로 행세하면서 여자들을 등쳐먹다 결국 〈틴더 스윈들러〉라는 굴욕적인 다큐의 주인공이 된 사이먼 레비예프(Simon Leviev), 담보 하나 없이, 심지어 변변한 직업도 없이 오로지 입만 사용하여 수백억을 (사채업자가 아닌) 은행에서 빌려 재단을 설립하려다 호텔 무전취식 비용과 비행기 대여 비용을 내지 못해 구속된 에나 소로킨(Anna Sorokin) 등 잠깐만 생각해봐도(또는 넷플릭스를 잠깐만 검색해봐도), 바넘의 말처럼 미국 사람들은 속임 당하는 걸 좋아해서 기꺼이 속아주는 경향이 있나 싶기도 하다.

영국의 대표 방송사 BBC에서 재미있는 프로그램을 기획했다가 영국인들만 우습게 만든 사건이 있었다. 1957년 만우절에 BBC는 스위스 남부에서 스파게티 면이 자라는 나무를 소개하는 3분짜리 영상을 방영했다. 재미난 만우절 방송으로 오랫동안 인구에 회자될 만한 센스 만점 방송이 될 뻔했지만, 스파게티 면을 밀가루 반죽으로 만들 수 있다는 걸 모르는 영국인들이 상당히 많았다는 게 화근이었다. 국수처럼 가늘고 긴 스파게티 면이 영국에서는 낯설었던 탓에, 단 3분간의 만우절 특집 장난 방송을 800만 명 이상이 시청하면서 스파게티 나무 재배 방법을 묻거나 묘목 판매처를 물었던 것이다. 덕분에 BBC 방송국 전화기에 불이 났다고.

나뭇가지에 국수 같은 면이 자란다는 말에 속을 리가 없다고

◉ 스파게티 트리

◉ 1910년 4월, 하버드 남반구 관측소에서 8
인치 바체 더블렛으로 촬영한 핼리의 모습

◉ 태양계 내부를 통과할 때 핼리의 꼬리가 태양에서 멀어지는 모습을 보여주는 1910년 1월호
〈Popular Science〉에 실린 인포그래픽

생각한 BBC가 문제일까, 진짜처럼 화면과 내용을 너무 잘 만든 제
작진의 유능함이 문제였을까, 이걸 가감 없이 그대로 믿은 영국인

들이 이상한 것일까, 아니면 원래 사람은 속는 걸 좋아하는 경향이 있는 것일까?

1910년 5월 19일, 76년 만에 지구를 다시 찾을 핼리혜성 때문에 전 세계적으로 난리가 났다. 프랑스의 천문학자이자 공상 과학 소설가로 프랑스 천문협회 설립자이자 초대 회장을 맡은 카밀 플라마리온(Camille Flammarion)이 핼리혜성의 꼬리에 시안이라는 독성 가스가 있는데 덕분에 혜성이 지구에 근접할 때 지구의 모든 생명체를 멸종시킬 수 있다고 주장하면서 이 소동에 불을 지폈다. 불은 작게 타오르다 꺼질 수도 있었다. 그러나 〈뉴욕타임즈〉가 이 말을 얼른 받아 플라마리온이 말한 그 시안 가스는 실제로 매우 독성이 강한 기체라 거들었고, 아주 적은 양이 혀에 닿기만 해도 즉각적으로 사망한다고 덧붙였다. 플라마리온이 지핀 불에 휘발유를 들이부은 셈이다(시안의 독성이 강한 건 사실이다).

핼리혜성이 지구와 가장 가까워지는 1910년 5월 19일은 지구 멸망의 날이 되었다. 우리나라는 당시 일제 강점기라 지구 멸망 따위에 신경 쓸 겨를이 없었다. 하지만 서방 국가들 사이에서는 지구 멸망설, 종말론이 급속히 퍼져나갔고 이내 지구 곳곳이 난장판, 쑥대밭, 아수라장이 되었다. 언론에서는 시안이 얼마나 위험한 기체인지 연일 보도했고, 사람들은 5월 19일이 다가올수록 죽음의 공포에 떨어야 했다. 그런데 이 와중에 서로 위로해주지는 못할망정, 공포에 떠는 사람들의 지갑을 노리는 사람들이 생겼다. master of humbug

는 특정 시대에만 존재하거나, 바넘만이 독점한 직함이 아니기 때문이다.

　방독 마스크가 불티나게 팔린 건 그나마 이해가 간다. 하지만 혜성이 지구에 가장 근접할 때 먹으면 목숨을 부지할 가능성이 전혀 없지 않다고 말할 수도 있는 anti-comet pill(항혜성 알약), 혜성의 꼬리가 지구를 후려칠 때 반드시 써야만 지구 멸망에서 홀로 살아남을 가능성이 대단히 조금 있다고 말할 수도 있는 comet protecting umbrella(혜성 보호용 우산)은 솔직히 '공황상태였으니 이런 데 돈을 쓸 수도 있지.'라며 이해해주기조차 어렵다. 정말 (미국인이 아니라) 사람은 원래 속임 당하는 걸 좋아하는 경향이 있을까? 아니면 정확한 정보가 부족했던 게 원인일까?

　놀랍지 않게도 당시 천문학자 대다수가 플라마리온의 주장에 동의하지 않았다. 혜성 꼬리에 시안 기체가 있는 건 사실이지만, 지구 대기 전체에 영향을 미칠 수는 없다는 것이다. 이를 과학적으로, 논리적으로, 그리고 이성적으로 설명하고 설득했지만, 언론도 사람들도 이에 관심을 기울이지 않았다. 화학 기호를 써가며 시안 기체가 지구 대기에 영향을 미치지 못한다는 천문학자들의 당최 이해할 수 없는 어려운 설명보다는 "그냥 싹 다 죽어!" 식의 단순한 종말설, 멸종설이 더 귀에 쏙쏙 들어왔을 것이다. 정상적인 교육을 받은 멀쩡한 사람 중에도 항혜성 알약과 혜성 보호용 우산에 돈을 쓰는 경우가 많았다. 이 정도는 양반인 게, 어차피 지구가 멸망해서 다 죽을 거 있는 돈이나 다 쓰고 죽자며 술집에서 가진 돈을 다 탕진하는 사람도 있었고, 극도의 공포와 공황상태에서 심지어 자살하는 사람도 있었다.

'설마 이런 사기에 몇 명이나 속았겠어.' 하고 의심스러울 것이다. 당시 텍사스에서 설탕을 주원료로 한, 한마디로 약의 탈을 쓴 사탕인 항혜성 알약을 만들어 판 일당을 경찰이 검거했다. 하지만 사탕이든 약이든 뭐든 필요하다는 대중의 요구에 못 이겨 경찰이 이들을 풀어주었다는 아주 기가 콱 막히고 말문도 콱 막히는 사건도 있었다.

사람은 정말 속임 당하는 걸 좋아하는 경향이 있어서, 언제든 속아주려고 마음의 준비라도 하고 있는 것일까?

누군가에게는 남자라고, 누군가에게는 여자라고 속여 수십억 원의 사기를 쳐 2023년 가을 우리나라 언론을 도배한 전모 씨 사건을 기억할 것이다. 어떻게 멍텅구리가 아닌 멀쩡한 성인이 저런 얼토당토않은 사기 행각에 속나 싶지만, 속은 사람들은 거짓말인 줄 상상도 못 했다, 막상 들어보면 사기라는 생각이 들지 않는다며 억울함을 토로했다. 실제 피해자들을 보면 대단히 정상적인 성인들이었다. 그런데 제3자가 볼 때 너무 어처구니가 없어서 믿고 싶어도 믿을 수 없는 것을 많은 이들이 믿는 건 왜일까?

네스호에 괴물이 있다고 믿고 싶은 사람은 물에 떠다니는 나무 조각이 괴물의 머리로 보이고, 빅풋을 믿고 싶은 사람은 할로윈 의상 같은 걸 뒤집어쓴 모습만 봐도 빅풋의 존재가 증명되었다고 말한다. 이런 일들이 전 세계적으로 동서고금을 막론하고 빈번하게 일어나는 걸 보면, 사람에게는 믿고 싶은 것은 따지지 않고 시원하게 믿어버리는 경향이 있긴 있나 보다. 사실로 믿고 싶으니까 합리적이고 과학적인 정당한 주장은 들리지 않고, 믿고 싶은 부분만 선택적으로 믿게 되는 게 아닐까? 어쩌면 우리는 생각보다 속임 당하는 걸 좋아하는지도 모른다. 바넘이 master of humbug로 명성을 날릴 수 있었던 건, 감정이 이성보다 힘이 세다는 걸 일찌감치 간파했기 때문이 아닌가 싶다.

참고로 **snuff**는 '코를 킁킁거리다, 촛불 등을 손으로 눌러 꺼버리다'는 뜻인데 snuff out은 '무언가를 완전히 전멸시키다, 형체/존재가 없어지도록 작살을 내다'라는 아주 살 떨리는 표현이다.

플라마리온이 말했다는 경고 문구 "There's a chance that cyanogen gas would impregnate the atmosphere and possibly snuff out all life on the planet(시안 기체가 대기에 퍼져 지구 행성의 모든 생명체를 전멸시킬 가능성이 있다)."를 보자. 'chance 가능성, possibly 아마' 등의 불확실한 가능성을 추측할 때 쓰는 표현이 쓰였다. 당시 언론 기사 제목에도 'Halley's Comet may snuff out life on the Earth(핼리 혜성이 지구의 생명체를 말살시킬 수 있다).'와 같이 불확실한 추측을 나타내는 조동사 may가 쓰였지만, 사람들은 may보다 snuff out에 더 주목했다. 보고 싶은 것이 더 크고 명확하게 보이기 때문일 것이다.

love handles

이 단어는 love와 아무 상관이 없고 handle과는 아주 약간 상관이 있다. love는 '사랑'이고, handle은 '열거나 들어 올리거나 붙잡을 수 있도록 덧붙인 손잡이'라는 뜻으로, 문, 서랍, 창문을 열 때 붙잡는 부분을 handle이라 한다. 컵이나 가방 등을 들 수 있는 부분도 handle이다. 운전할 때 방향을 조종하는 동그란 핸들도 handle이라 하고, 도끼자루도 handle이라고 부르니까 한마디로 handle은 '손잡이'이다(동사 handle은 '다루다'이다. 그리고 망치, 골프채의 손잡이는 handle이 아닌 shaft라고 한다).

그런데 love handles의 의미는 어이없게도 '늘어진 옆구리 살, 옆구리 군살'이다. 쉬운 단어 두 개가 합체했지만, 쉬운 빈출 표현이라고 하기는 뭣해서 시험에 안 나올 것 같은 단어이다. 아무튼 어쩌다 love와 handles가 만나 이런 생뚱맞은 표현이 생겼는지 유래는 확실하지 않다.

이 표현에서 중요한 건 '부위'와 '늘어진 정도'이다. 뱃살 관련 영어 표현이 몇 가지 있는데, love handles는 앞배, 똥배 등 부위 살이 아니라 오로지 '양쪽 옆구리 살'만 의미한다. 또 살이 조금 붙은 정도로는 love handles라 하지 않고 조금 과장해서 손을 살짝 얹을 수 있을 정도로 살이 늘어져야 love handles라 불릴 자격이 주어진다.

눈치챘겠지만 한쪽 옆구리에만 살이 늘어져 있고 나머지 한쪽은 군살 없이 매끈한 경우는 거의 (또는 전혀) 없기에 love handles는 일반적으로 복수형 -s으로 쓴다. 다시 한번 강조하지만, love handles는 허리를 중심으로 앞배와 뒷부분은 지칭하지 않고 오직 양쪽 옆구리에 찐 살만 의미한다. 보통 살이 쪘다고 하면 근육보다는 지방을 의미하는데, love handles 역시 영어 풀이에 'excess fat that accumulates on the sides of the waist(허리 양쪽 면에 축적된 과잉 지방)'이라고 나온다. 실제 근육은 좀 많이 붙어도 늘어지지 않으니까 늘어진 옆구리 살이라고 하면 당연히 근육보다는 지방일 가능성이 높긴 하지만, 정의가 너무 솔직, 담백, 직선적이라 좀 무례한 느낌마저 든다. 특히 excess fat(과잉 지방), accumulate(축적하다, 쌓이다)라는 부분이 그렇다.

앞서 왜 love와는 상관이 없고 handle과 약간 상관이 있다고 했느냐 하면, 양쪽 옆구리 부분에 축적되어 늘어진 과잉 지방을 '손으로 잡을 수 있다' 또는 '손잡이처럼 잡힌다'는 의미로 'handle(손잡이)' 표현이 쓰였다고 볼 수 있기 때문이다.

뱃살 관련 다른 표현으로 beer belly, jelly belly, muffin top, spare tire, dunlap disease 등이 있는데, 이 중에 '허리 양쪽 옆구리'만을 지칭하는 표현은 없다. 양쪽 옆구리의 군살은 love handles뿐이다.

＊ beer(맥주) + belly(배): 옆구리뿐 아니라 허리 부근에 전체적으로 찐 살인데, 특히 술(맥주)을 먹어서 찐 경우로, 양쪽 옆구리가 아닌 앞배를 가리킨다. 우리말로 '술배'로 직역하면 딱 맞다. 보통 술 자체보다는 칼로리가 높은 안주가 원인인 경우

가 많은데, 아무튼 과도한 내장지방 때문에 튀어나오거나 늘어진 뱃살이다.

❊ jelly(젤리) + belly(배): 젤리처럼 말랑한 뱃살로 beer belly와 유사하지만, 꼭 술을 먹어 찐 뱃살을 의미하는 건 아니다. 삼겹살, 피자, 튀긴 닭을 먹어 찐 뱃살은 beer belly보다는 jelly belly라고 하는 게 맞을 텐데, jelly belly는 귀엽고 장난스러운 어감이다.

❊ potbelly(단지) + belly(배): 우리말로는 '올챙이배'이다. 앞배만 정말 항아리처럼 볼록 튀어나온 경우로 potbellied(배불뚝이의, 올챙이배의) 같은 형용사로 자주 쓰인다. jelly belly처럼 음률도 맞고 귀여운 어감이 아니라 팩트 폭격이 아닌가 의심스러운 어감이다.

❊ muffin(머핀 빵) + top(꼭대기): 머핀은 빵을 구울 때 종이컵 가장자리 바깥으로 반죽이 흘러넘친 모양인 바로 여기서 muffintop이라는 표현이 나왔다. 사람의 몸에 비유하자면 뱃살이 허리띠나 허릿단 바깥으로 흘러넘친 경우이겠다. 한마디로 옆구리를 포함해서 허리 부근에 전체적으로 찐 뱃살인데, 머핀 빵 이미지를 떠올리면 딱 감이 올 것이다. ChatGPT에 물어보니, 'the bulge of fat that can spill over the waistband of tight-fitting pants or skirts(딱 맞는 바지나 치마 허리띠 밖으로 흘러넘친 불거져 나온 지방/살)'이라고 나온다. ChatGPT는 이러한 정의와 함께 그 자체로 비하/모욕적 표현이라 할 수 없으나 타인의 신체를 묘사할 때 주의가 필요하다는 말도 덧붙였다. 솔직히 이 표현도 팩트 폭격인 듯하다. 특히 bulge(가득 차서 불룩하다), spill over(흘러넘치다)라는 부분 말이다.

✻ spare(여분의) + tire(바퀴, 타이어): 자동차 타이어를 물놀이할 때 튜브 끼듯 허리에 낀 상태를 생각하면 된다. 당연히 타이어는 뱃살을 의미한다. love handles는 비하 표현인지 아닌지 다소 애매하지만 spare tire와 muffin top은 이미지만으로도 매우 명확하고도 상당한 강도로 굴욕을 안기는 표현이라 생각된다.

✻ dunlap(겹쳐진: done lapped over) + disease(질병): 이 표현 역시 허리띠 밖으로 흘러넘쳐 허리띠 위로 뱃살이 겹친 상태를 재미나게 표현했다고 하지만, 허리둘레의 '넘치는 지방(여분의 살)이 허리띠 위를 겹쳐 뒤덮을 정도의 살'을 재미나게 표현하는 것 자체가 불가능하다. 이는 재미있지도 않을 뿐더러 건강상 심각/진지한 상황으로 웃음은 고사하고 엉엉 울어도 시원치 않다.

'타인의 신체를 묘사할 때 주의하라'면서 이런 표현들이 많다는 건 아이러니가 아닌가 싶다. 아예 이런 표현이 없으면 쓸 수도 없을 텐데 말이다. 개인적으로 신체를 묘사한 표현 중 허벅지를 묘사한 표현인 thunder thigh와 cottage cheese thigh 두 가지가 가장 직설적이지 않나 싶다.

* thunder(천둥, 우레) + thigh(허벅지): 두꺼운 허벅지
* cottage cheese(코티지 치즈) + thigh(허벅지): 셀룰라이트가 많은 허벅지

thunder thigh는 허벅지의 '두께'에 방점이 찍혀 있고, cottage cheese thigh는 허벅지 '피부'에 방점이 찍혀 있다. thunder(천둥, 우레)[1]라는 표현이 붙은 허벅지를 가녀린 허벅지라 생각하는 사람은 아마 없을 것이다. thunder는 맞으면 타격도 크고, 소리도 크기 때문에 thunder thigh는 흉기라 해도 될 정도로 튼실한 근육질 혹은 지방양이 상당한 허벅지일 수밖에 없다.

수분, 노폐물, 지방이 특정 부위에 뭉쳐 돋보이는 걸 cellulite(셀룰라이트)라고 한다. 셀룰라이트가 많으면 당연히 피부가 매끈하지

---

[1]   참고로 '우레와 같은 박수' 표현을 종종 쓰는데 박수 소리가 천둥번개 소리만큼 크다는 뜻으로, '우뢰'로 쓰지 않도록 주의한다. '우뢰'는 우리말에 없는 단어인데 김청기 감독, 심형래 주연의 영화 <우뢰매> 시리즈의 인기 덕분에 헷갈리게 되지 않았나 싶다.

● 코티지 치즈

않고 울퉁불퉁해서 보기에 좋지 않다. cottage cheese(코티지 치즈) 이미지를 검색하면 어떻게 생겼는지 알 수 있는데, 셀룰라이트가 많은 피부를 왜 cottage cheese에 비유했는지 대번 이해할 수 있을 것이다.

　사회 통념상 허벅지는 가늘고 배는 납작하고 피부는 매끈해야 '좋다, 멋지다, 아름답다'고 여기기 때문에 이런 표현들이 나왔을 것이다. 'body shame(외모를 기준으로 평가하다, 외모를 조롱하다. 명사 body shaming)'이란 표현이 있는데, 상기에 열거된 표현들 모두 body-shaming words에 해당한다고 할 수 있다. 듣는 사람이 "얘가 자기 주제도 모르고 남의 외모를 몸평/얼평하고 자빠졌네."라고 느끼는

love handles

표현은 모두 body-shaming words에 해당한다.

안타깝게도 현재 우리나라뿐 아니라 서양에서도 마른 몸매 숭배의 역사는 길고도 깊다. "클레오파트라, 양귀비, 성춘향 모두 풍만한 몸매였다."라고 하면서 "아름다움의 기준은 시대에 따라 다르다."고 하는 말의 진짜 의미는 "현재는 아름다운 사람의 범주 근처에도 들어가지 않지만 (사실상 아름다운 사람과 아예 종이 다르지만) 아주 아주 아주 오래전에는 아름다운 사람 축에 들어갈 가능성이 전혀 없다고 말할 수는 없을지도 모른다."는 뜻이다.

1940년대 미국에서 tapeworm(촌충)을 이용해서 살을 뺄 수 있다며 기생충을 판매한 광고지만 봐도 여성은 덮어놓고 말라야 아름답다는 통념이 만연했음을 알 수 있다. 여기서 '말랐다'는 것은 아는 사람은 다 알겠지만 '날씬하다'는 의미보다는 '뼈에 피부 거죽만 덮여 있다.'는 의미에 가깝다.

> Eat, Eat, Eat! & Always stay thin!
> 먹고, 먹고, 또 먹자. 그러면서 날씬함을 항상 유지하자.
>
> No diet - No baths - No exercise
> 다이어트가 아니고, 목욕도 아니고, 운동도 아니다.
>
> No danger - guaranteed harmless 위험이 없고 무해함 보장
> FAT, the enemy that is shortening your life, banished!

당신의 생명을 단축하는 적, 지방이 사라진다!

How? with sanitized tapeworms 어떻게? 위생 처리한 촌충으로

Jar packed   단지에 포장됨

Easy to swallow   삼키기 수월함

No ill effects   악영향(부작용) 없음

밀가루, 마카로니, 말린 과일, 올리브오일 등 잔뜩 쌓인 먹거리들을 행복한 듯 바라보며 무엇을 먹을까 고민하는 날씬하고 느끼한 미소의 한 여인이 등장하고, 여성 주위로 위와 같은 문구들이 적혀 있다. 광고지 오른쪽 하단에 나온 판매자는 다음과 같다.

prepared by W.T. Bridge, chemist

화학자 W.T. 브릿지가 마련함

그러니까 많이 먹고 싶지만 살은 찌고 싶지 않은 여성들을 위해 이 극악무도한 제품을 준비한 사람은 또라이가 아니라 화학자(chemist)였다. 물론 화학자이면서 동시에 또라이인 것이 불가능하지는 않다. 아무튼 판매자가 실제로 화학자였는지 확인할 수는 없지만 기생충학자(parasitologist)가 아니었다는 점이 흥미롭다.

love handles

● 체중감량을 원하는 끊임없는
　수요 속에서 20세기에 접어들
　무렵 '효과적인 체중감량 수
　단'이라며 '쉽게 삼킬 수 있고'
　'살균 처리된' '병에 포장된'
　촌충을 판다는 광고가 나왔다.

● 세상 겁나는 다이어트 광고

　　다이어트용으로 촌충을 파는 광고지가 있다는 것만도 기겁할
법한데, 이런 광고지가 하나가 아니었다니 더욱더 식겁할 일이다.
그 옛날에도 촌충을 먹어서라도 기어이 살을 빼야만 예쁨의 기준
을 통과할 수 있다는 생각이 만연했던 것이다.

> LOSE WEIGHT 체중감량
>
> The easy way 쉬운 방법
>
> Try new&improved Lard-B-Gone
> 새롭게 개선된 '비계, 사라지다'를 사용해보세요

살짝 무서워 보이는 인공 미소를 작렬시키는 시퍼런 눈과 시뻘 건 입술이 시선을 사로잡는 한 여성이 제품 상자를 들고 있는 광고지이다. 여성이 든 제품 상자에는 사람 뼈 그림이 중앙에 대문짝만하게 박혀 있고, 상자 상단에 'Lard-B-Gone(비계, 사라지다)' 하단에는 'weight loss(체중감량)'이라는 글자가 박혀 있다.

이 광고지에서 특별히 눈에 띄는 건 당연히 제품명이다. lard는 '돼지 지방, 비계', b gone(b는 be를 소리 나는 대로 알파벳 b만 쓴 것)은 '사라지다'니까 비계가 없어진다는 뜻이다. 그런데 lard는 '지방'이라는 의미의 fat, grease와 달리 구체적으로 콕 집어 '돼지의 지방'만 의미한다. 사람 몸에서 지방을 없애주는 제품에 lard 표현을 쓴 건, 살이 찐 사람의 몸에 있는 지방은 비계라는 뜻이고, 이는 사람을 그냥 돼지로 취급한 것이다. 아무리 수십 년 전이라지만, 입이 쩍 벌어지는 악랄한 광고가 아닐 수 없다.

이 광고지에서 한 가지 더 눈에 띄는 건 제품 상자 중앙의 그림이다. 날씬한 사람이 아니라 마치 엑스레이 사진처럼 해골과 뼈대가 나와 있다. 다들 인정하겠지만 해골은 동서고금을 막론하고 '사망'을 의미한다. 산 채로 몸에 들어온 촌충에 영양분을 싹 다 빨려 날씬해

love handles

지다 못해 말라비틀어져 사망하라는 것인가! 이 제품이 다이어트 보조제인지 독약인지 식품의약품안전처에 확인이 필요한 대목이다 (다행히, 그리고 상식에 맞게 오래전 판매 중지/금지된 제품이다. Lard-B-Gone을 '비계, 사라지다'로 번역했는데, '비계 순삭'도 괜찮을 듯하다).

참고로 촌충(tapeworm)은 tape(테이프, 길고 납작한 리본)+worm(벌레)이다. 말 그대로 tape처럼 (혹은 지렁이처럼) 긴 기생충이다. 사람 몸속에서 10미터 길이의 촌충이 발견된 적도 있다고 한다. 촌충(寸蟲; 마디 촌, 벌레 충-마디가 있는 벌레)은 사람의 경우 대장에서 사는데 별다른 증상이 없기도 하고, 피로감이나 복통 혹은 설사를 일으키기도 한다. 일반적으로 체중 감소가 있을 수 있다. 돼지고기, 소고기, 민물고기를 완전히 조리하지 않고 먹으면 감염될 수 있고, 생선회를 즐겨 먹어도 쉽게 감염된다. 보통 성체보다 유충 감염이 위험한데, 성체는 대개 장에 살지만 유충에 감염되면 신체 다른 부분에도 정착해 생명을 위협할 수도 있다. 폐나 간처럼 중요한 장기에 촌충이 감염되면 수술이 필요하다. 장 내벽에 부착된 성체 촌충은 길게는 15~20년까지 생존하면서 영양분을 빨아먹고 뱃속에서 알도 낳고 별짓 다 하며 장기적으로 건강을 해치기 때문에 촌충으로 살을 빼겠다는 건 대단히 어리석고 몹시도 무식한 행동이 아닐 수 없다.

mutilation

영어 단어를 외울 때 아주 미운 단어가 있다. 영어 한 단어가 우리 말 한 단어로 옮겨지지 않는 것이다. 'eat-먹다' 'bread-빵'과 같은 경우도 있지만, 영어는 한 단어인데 우리말은 아주 긴 경우도 있다.

예를 들어 flense는 '바다표범, 고래 등 해양 동물을 잡아 가죽 을 벗기거나 기름을 빼내다.'라는 뜻이다(소나 양의 가죽을 벗길 때는 flense가 아닌 skin 동사를 사용한다). 이런 단어를 누가 쓴다고, "태산 이 높다 한들 안 오르면 그만이고, 단어가 어렵다 한들 안 외우면 그만이다."라고 말하는 이도 있을지 모르겠다. 그런데 내가 일부러 여기저기 들쑤셔서 이상한 단어를 찾아낸 게 아니다. 이 단어는 북 미(혹은 영어권) 만화에서 처음 보고 무슨 뜻인가 궁금해서 찾아본 단어이다. 'If you lie to me again, I will flense you(나한테 한 번 더 거 짓말하면, 가만 안 뒤).' 이런 식으로 쓰였던 거 같다. 우리말 번역이 아주 밋밋한데, 원어 flense의 어감을 살려 살짝 과장하여 번역하자 면 "너의 피부 껍질을 벗겨 복부지방을 제거해주겠다."처럼 미치광 이나 쓸 만한 표현이 나올 수 있다. 아무튼 flense는 우리말 한 단어 로 표현할 도리가 없는, 아주 골때리는 단어이다.

brackish는 '소금기가 섞인, 바닷물보다는 덜 짜지만 강물보다는 짠 기가 있는'이라는 뜻이다. salty water와도 사뭇 다르고, seawater와 도 다른 그런 뜻이다. 역시 '짭짤한' 또는 '약간 짠'으로 다 표현할 수 없어서 길고도 긴 설명을 덧붙여야 애매함이 해소되는, 역시 대단히 골때리는 단어이다.

이런 골때리는 단어로 mutilate도 있다.

＊ mutilate: 신체를 심하게 훼손하다, 팔다리를 절단하여 불구
　　로 만들다.

이 단어는 '우연히' '어쩌다' '사고'로 신체가 부상을 당했다거나
치료를 위해 수술로 절단한 게 아닌, 의도적으로 남에게 상해를 입
히기 위해 팔다리를 절단하여 불구로 만든다는 의미를 담고 있다.
'팔, 다리, 절단' 등의 여러 표현을 사용하지 않고 우리말 한 단어로
mutilate를 표현할 도리가 없다. 그래서 명사 mutilation은 '팔이나 다
리가 잘려 불구가 됨, 사지 절단' 이런 뜻이다('팔과 다리'에만 반드시
국한되는 건 아니지만 기본적으로 절단하는 신체 부위를 팔과 다리로 한
정한 단어이다. 비유적으로 감정이나 정신에 해를 가할 때 쓰이기도 한다).
　골때리는 단어이기도 하지만 의미가 참혹하기도 해서 '시험에
절대 안 나오는 단어'라고 단정할 수는 없지만 이 단어가 나오는 지
문의 내용은 잔인하거나 참혹한, 범죄 관련 내용일 가능성이 높아
서 초등, 중등 영어 지문에는 나오지 않을 것 같다.

mutilate와 비슷한 강도의 참혹함을 담은 유의어가 몇 가지 더
있는데, 의미는 약간 차이가 있다.

mutilation

✳ amputate: 일반적으로 수술로 절단하다. 팔이나 다리가 잘리는 건 맞는데, 사고나 범죄보다는 수술에 의한 절단을 뜻한다. 영어 풀이를 보면, 'the surgical removal of a limb for medical reasons 의학적 이유로 외과적 수술에 의한 사지(팔다리) 제거'라고 나온다. 역시 팔, 다리, 제거, 수술 등 이런저런 단어를 많이 사용해야 우리말 의미를 설명할 수 있는 골때리는 단어이다.

✳ dismember: 시신을 훼손하다, 이미 죽은 동물의 사지를 자르다. 이미 사망한 사람이나 동물의 사지를 절단한다는 뜻이다. 수술이나 의학적인 원인일 때는 보통 dismember가 아닌 amputate를 쓰고, dismember는 범죄 관련 상황이라는 어감이 있다. 수술에 의한 절단이 아니므로 '사지를 자르다'는 의미가 겹치지만 amputate와는 의미가 완전히 다르다. dis(부정의 의미, 아닌, 없는)+member(구성원), 즉 몸의 구성원이었던 팔이나 다리가 더는 몸의 구성원이 아닌 상태가 된다는 의미, 즉 '사지를 자르다'로 추측할 수 있다.

✳ sever, cut off: (둘로) 자르다, 절단하다. 생명체와 물건 모두에 사용할 수 있는 표현이다. 하지만 반드시 사람의 사지를 절단할 때만 쓰이는 건 아니다. sever the nerve(신경을 잘라내다), cut me off(나와 인연/연락을 끊다)처럼 쓸 수도 있다.

시험에는 절대로 안 나올 것 같다고 생각될 만큼 참혹한 의미를 담은 mutilate 단어를 보면 생각나는 이야기가 있다. 당연히 참혹한 이야기이다.

러시아 모스크바의 붉은 광장 남쪽에 동화책 혹은 디즈니 영화에나 나올 법한 비현실적으로 멋진 성당이 있다. 성 바실리 대성당(Saint Basil's Cathedral)인데, 성당 사진을 보면 많은 이들이

⊙ **성 바실리 대성당**

"어디서 본 거 같다." "기시감이란 이런 것인가?"와 같은 반응을 보인다. 아마도 테트리스 게임에 나오는 성당이라 그럴 것이다. 테트리스와는 별개로 모스크바 대공국의 대공이었던 이반 4세가 러시아에서 카잔 칸을 몰아낸 것을 기념하며 봉헌한 성당이다. 1555년 건축을 시작하여 1561년 완공한 성 바실리 대성당은 멋짐의 정도가 과해서 완공된 이래 유명세를 타지 않았던 적이 없다. 도무지 유명해지지 않고서는 배길 수 없는 성당이다. 당연하게도 1990년에 유네스코 문화유산으로 등재되었다.

이 성당의 멋짐이 얼마나 과도한지 다소 황당하고 몹시도 살 떨리는 이야기 몇 가지가 전해 내려온다.

이 성당을 본 나폴레옹이 그 멋짐에 감탄한 나머지 성당을 파리로 가져가고 싶어 했는데, 성당이라는 건축물을 가져갈 수 없다

는 사실에 극대노한 나폴레옹이 성당을 파괴하려 했다는 것이다. 사실이라면 나폴레옹은 내가 못 먹으면 너도 못 먹어야 한다는 심보를 가진 극강 심술쟁이라 할 수 있다. 하지만 이 이야기의 근거는 없다고 한다.

성 바실리 대성당의 과도한 멋짐 때문에 생긴 또 다른 이야기가 있다. 잔혹하기로 유명했던 이반 4세가 이렇게 아름답고 웅장한 건물이 또 지어지지 못하도록 건축가의 두 눈을 뽑았다는 것이다. (헉!) 사실이라면 이반 4세는 잔혹한 게 아니라 법정에서 심신미약을 주장할 수 있을 정도로 제정신이 아니라고 봐야 한다. 하지만 공포 영화에나 나올 법한 이 이야기 역시 황당하게도 성당의 멋짐이 과도하다 보니 생겨난 '전해 내려오는 이야기'로 사실 여부를 확인할 수 없다. 한 마디로 사실무근.

아마 이반 4세가 극단적인 공포정치로 '폭정'의 새로운 장을 열었다 할 정도여서 이런 이야기가 나오지 않았나 싶다. 이반 4세 초상화를 보면 미간에 주름이 잔뜩 잡힌 게 당장이라도 누군가를 능지처참하라고 고함을 지를 듯한, 중증 분노 조절 장애가 의심되는 표정을 하고 있다. 사진이 아닌 초상화는 포토샵이 없던 과거에 못돼 처먹어 보이는 인상을 인자하게 보정하는 데 안성맞춤인 기록물인데, 초상화가 이 지경으로 그려졌다면 실제로는 성질머리가 이해불가 혹은 용납불가의 수준이었을 것이다. 이반 4세라면 그런 잔인한 짓을 하고도 남는다는 인식이 만연하다 보니 거짓 소문을 만들

이반 4세

고 이를 믿는 사람들이 생겼을 수 있다.

아무튼 이런 입이 딱 벌어지게 어이없고도 머리털이 쭈뼛 설 정도로 잔인한 이야기가 전해질 정도의 과도한 멋짐을 자랑하는 성 바실리 대성당은 현재 박물관이라서 누구나 1만 원이 못 되는 입장료를 내면 내부까지 구경할 수 있다.

그런데 멋진 건축물을 짓고 또 다른 멋진 건축물이 생기지 않도록, 다시 말해서 이게 가장 멋진 건축물이 되도록 건축에 참여했던 건축가나 인부들의 신체를 훼손했다는 이야기가 또 있다(amputate가 아니라 mutilate가 쓰여야 하는 문맥이다).

배경은 또 러시아이다. 성 피터스버그(St. Petersburg)에 유명해지지 않을 도리가 없는 아름답고 웅장한 왕궁이 있다. 1762년 완공된 뒤 실제 러시아 황제들의 관저로 쓰인 말 그대로 궁전으로 그 아름다움에 한번 놀라고, 웅장한 규모에 두 번 놀란다. 방이 1,500개, 문이 1,786개 그리고 창문은 1,945개라니까 '잉여'의 참뜻을 극명하게 보여주는 예라고 하겠다. 그 많은 방이 여관방 같지 않고 호텔 스위트룸 같을 만큼 호사스러움의 끝판왕인 이 궁전은 엘리자베타 여

mutilation

제(Empress Elizabeth) 때 건축되었다. 엘리자베타 페트로브나 여제는 미모와 지성, 권력욕까지 두루 갖추어 32살에 쿠데타로 스스로 러시아 황제에 오른 인물이다. 정치력도 있고 외교 능력도 있었지만, 나랏일보다는 화려하고 사치스러운 궁정생활에 더 관심이 많아서 여제의 사치비용을 감당해야 했던 당시 러시아 농민들이 겪은 고초는 북한 주민들도 울고 갈 고난의 행군이었다고 한다.

문화와 교육에 관심이 많은 여제는 모스크바 대학을 설립했다. 특히 건축 예술의 발전에 이바지한 공이 상당했다고 한다. 문제는 문화니 건축이니 예술이니 이런 게 다 돈이 어마무시하게 들어간다는 점, 그리고 그 돈이 농민들의 고혈을 짜내고 짜낸 뒤 그것도 모자라 껍데기만 남은 농민들의 껍질까지 벗겨내 충당했다는 점이다(flense라는 단어가 생각나는 지점이다).

여제의 남다른 관심과 후원으로 여제 집권 당시 아름다운 건축물이 많이 건설되었는데, 대표적인 예가 입이 딱 벌어지게 아름답고 숨이 턱 막히도록 웅장한 겨울 왕궁(the Winter Palace)이다. 방만 1,500개라니까 건축비용이 억! 또는 허걱! 또는 뜨악! 소리가 날 만큼 천문학적이라는 건 말할 필요도 없을 것이다. 하지만 러시아 제국을 다스리는 여제가 방이 고작 1,500개뿐인 왕궁 하나 짓는 데 쫀쫀하게 건축 비용에 신경을 쓴다면 체면이 구겨지는 굴욕일 터, 엘리자베타 여제는 왕궁의 아름다움, 웅장함, 화려함에만 신경을 썼다고 한다. (백성들 입장에서는 안타깝게도) 겨울 왕궁은 여제의 기

❋ 겨울 왕궁

대에 부응했고, 너무나 만족한 여제는 이렇게 멋지고 웅장하고 화려하고 사치스러운 왕궁이 또 생기는 걸 막기 위해 왕궁 건축을 책임진 두 명의 건축가의 손을 잘랐다고 한다. (헉!)

영어도 아니고 철자도 많아서 발음해볼 엄두조차 나지 않는 건축가 Bartolomeo Rastrelli와 Alexander Kokorinov 두 사람이 이 이야기의 주인공들이다. 첫 번째 희생자는 이탈리아 출신의 바르톨로메오 라스트렐리, 두 번째는 러시아 출신의 알렉산드르 코코리노프이다. 다행스러운 것은 이 이야기 역시 겨울 왕궁이 너무 아름답다보니 생겨난 '전해 내려오는 이야기'로 두 건축가의 손은 팔과 연결 상태가 끊어지지는 않았다고 한다.

입에서 입으로 전해지는 이야기이다 보니, 버전에 따라 손이 아니라 눈을 뺐다고 나오기도 한다. (헉!) 이런 경천동지, 혼비백산할 이야기가 돌 정도로 당시 황제들이 포악하고 잔인했다는 뜻으로 해

mutilation

타지마할

석될 수 있을 것 같다. 물론 성 바실리 대성당 이야기와 너무 비슷하다는 점도 놀랄 만하다. 그냥 "턱이 빠질 만큼 입이 쩍 벌어지도록 아름다운 건축물이다." 이렇게 심심하고 무미건조하게 아름다움을 표현할 수도 있을 텐데, 눈을 뺐네, 손목을 잘랐네, 이런 식의 참혹한 이야기가 나돌고 이를 실제 믿는 사람들이 많다는 게 참 씁쓸하다.

어이상실, 아연실색, 기절초풍, 경천동지, 혼비백산할 만한 게 하나 더 있다. 건축물의 아름다움을 홀로 독점하고자 심술과 광기의 경계를 오가는 어느 왕이 건축에 참여한 인부의 손목을 잘랐다는 이야기가 또 있다는 사실. 게다가 그 인부의 수가 자그마치 2만 명!

● 샤자한
(Fifth Mughal Sultan,
Shah Jahan)

● 뭄타즈 마할
(Mumtaz Mahal)

　　사실상 유사한 이야기 중 가장 유명한 경우로, 1983년 유네스코 세계문화유산에 등재된 것이 전혀 놀랍지 않은 '무슬림 예술의 보석'이라는 말로 그 아름다움을 다 표현할 수 없는, 건축학적/예술적 가치가 실로 불가사의한 수준이라 신 7대 불가사의(New 7 Wonders)에 선정되지 않았다면 그거야말로 불가사의라 할 수 있는, 그 이름도 유명한 타지마할(Taj Mahal)이다.

　　인도의 무굴 제국(16세기 초부터 19세기 중반까지 약 330년 동안 존속했던 몽골-튀르크계 왕조로, 전성기에는 오늘날의 인도 대부분과 파키스탄, 아프가니스탄에 이르는 광대한 지역을 지배한 이슬람 국가) 5대 황제 샤자한은 유능한 군주로 당시 인도는 사회적, 경제적으로 안정되고 번영을 누렸다. 그는 문화, 예술에도 투자를 아끼지 않았고 정복 전쟁으로 영토까지 확장해서 무굴 제국의 황금기를 일구어낸

mutilation

왕으로 유명했다. 그에게는 남다른, 정말이지 유달리 남다른 부분이 또 있었는데, 바로 아내에 대한 사랑이 비현실적으로 남달랐다는 점이다. 인도판 로미오와 줄리엣이라고도 하지만, 샤자한의 러브스토리에 비하면 로미오의 러브스토리는 애들 장난 축에도 들지 않는다. 그는 수많은 왕비 중 뭄타즈 마할을 가장 사랑했다. 얼마나 사랑했는지 잠시도 떨어져 있기 싫다며 전쟁터에도 데리고 갈 정도였다.

샤자한의 몰락은 그런 아내가 출산 중 사망하면서 시작되었다. 극도의 슬픔에 멘탈이 붕괴되다 못해 아예 박살 난 샤자한은 황제의 직무는 헌신짝처럼 내던지고 아내를 잃고 슬픔에 빠진 홀아비의 역할에만 몰두했다. 전부터 예술과 건축에 관심이 많았던 샤자한은 아내를 영원히 기억할 만한 기념물을 세우기로 결심했다. 그건 그럴 수도 있다. 그가 여기에 자신의 열정만 쏟아부었다면 '로미오 뺨치는 러브스토리' 정도로 끝났을 것이다. 하지만 그는 자신의 열정에 나라의 국력까지 아낌없이, 사전적 의미 그대로 동전 한 닢까지 긁어내 모조리 쏟아부었고, 로미오 뺨치는 정도가 아니라 나라에 국가 재정을 결딴내는 치명타를 입혔다. 이 정도면 사랑이 아니라 광기라 해야 할 것이다.

그는 죽은 아내를 위한 건축물을 위해 세계 각지에서 숙련된 기술자와 건축가 2만 명을 (당연히 월급을 주며) 불러들였고, 대리석과 보석을 끝도 없이 (당연히 제값을 치르고) 수입했다. 이를 운반하기 위해 동원된 코끼리가 하루 평균 1천 마리였다(몸집이 커서 많이 먹고 많이 싸는 코끼리 사육 비용도 만만치 않았고, 코끼리를 부리는 인부 역시 당연히 월급을 받았다). 그렇게 22년간 나랏일도 뒤로하고, 국가 재정 따위는 안중에도 두지 않고 건축된 기념물이 바로 타지마할 이다.

밋밋한 벽이 하나도 없을 정도로 모든 벽과 면이 촘촘하게 보석으로 장식되고 조각된 거대하고 웅장한 건축물이지만, 말 그대로 무덤이라서 사람이 지낼 만한 방 같은 건 전혀 없다. 죽은 아내를 묻을 무덤 하나 짓기 위해 산 백성들은 22년 동안 죽을 고생을 해야 했다. 이 무덤에 쏟아부은 나랏돈이 얼마나 막대했는지 타지마할의 건축이 미처 끝나기도 전에 나라가 망할 지경에 이르렀다. 멋진 무덤 하나에 나라 살림을 다 말아먹을 셈인가, 라고 걱정한 아들 아우랑제브는 아버지 샤자한의 왕위를 빼앗고 탑에 가두었다. 샤자한은 탑 창문으로 타지마할을 보며 죽을 때까지 슬퍼했다고 한다.

아무튼 아직 샤자한이 왕위를 지키고 있던 1648년, 이렇게까지 아름다워야만 했나 싶을 정도로 세상에서 가장 아름다운 무덤 타지마할이 완공되자 샤자한은 만족했고 아내의 유해를 가져와 묻었다(나중에 샤자한이 사망한 후 그의 유언대로 타지마할의 뭄타즈 마할 옆에 묻혔다). 그리고 이렇게 아름다운 건축물은 오직 뭄타즈 마할만을 위해 존재해야 하며 하늘이 두 쪽이 나도 이런 아름다운 무덤이

mutilation

🔹 **타지마할의 뭄타즈 마할 무덤. 남편 샤자한과 함께 있다.**

또 나와서는 안 된다며 건설에 참여한 인부 2만 명의 손목을 잘랐다고 한다. (헉!)

다들 예상했겠지만, 다행히도 이 역시 타지마할이 샤자한의 러브스토리만큼이나 비현실적으로 아름답다 보니 생겨난 '전해 내려오는 이야기'로 사실 여부를 확인할 수 없다. 앞서 소개한 러시아 황제 두 명의 이야기까지 이들 세 이야기 모두 똑같다 할 정도로 내용이 흡사한데, 근거라고 할 만한 게 전혀 없어서 공식적으로 사실로 인정된 바 없다. 한마디로 거짓으로 꾸며냈을 가능성이 매우 높다. 특히 타지마할의 경우는 이를 믿는 사람들이 아직도 꽤 많아서 타지마할 관광 가이드 중에는 여전히 이 이야기를 관광객들에게 들려주는 이가 있다고 한다.

수백 년이라는 다른 시대, 수백 킬로미터 거리의 다른 대륙의 건축물을 두고 어떻게 이다지도 비슷한 그리고 끔찍한 이야기가 전해 내려올까 신기하긴 하다.

아무튼 세 이야기의 핵심 사건을 표현할 때 mutilate를 쓴다. 영어로 설명된 이 사건을 찾아보면 "The workmen's hands were mutilated by the emperor because he wanted to ensure that no one

아우랑제브의 지휘 아래 무굴 군대는 1635년 10월 오차하를 탈환한다.

could replicate the beauty of the palace ever again(인부들의 손이 황제에 의해 절단되었는데, 황제가 이후에 아무도 왕궁의 아름다움을 절대 복제할 수 없게 되기를 원했기 때문이다)."와 같이 나온다.

눈을 뺀 경우는 mutilate를 쓰지 않고 **remove** 동사를 쓴다(eyes were removed: 눈이 제거되다, the emperor removed their eyes: 황제가 그들의 눈을 제거했다).

참고로 아버지 샤자한을 탑에 가두고 왕위를 이은 아우랑제브는 아버지가 아름다운 무덤을 만드느라 벌인 나랏빚 잔치의 뒤처리를 하느라 고생이 말이 아니었다는 얘기가 있다. 물론 그랬을 것이다. 놀랍지 않다. 다만 아름다운 무덤에 들어간 돈은 아우랑제브가 전쟁에 들인 돈에 비하면 새 발의 피였다는 게 킬포. 무덤에 나랏돈을 다 쏟아부은 아버지를 비판하며 왕위에 오른 아우랑제브는 황제답지 않게 검소했으며 애국심도 깊은 데다 독실한 무슬림으로 부인을 겨우 네 명만 두었다. 하지만 수십 년간 계속된 전쟁에 나랏돈을 다 쏟아부으며 아버지와는 다른 방식으로 나라 살림을 결단냈다고. 쯧!

mutilation

exhume

ex-는 '밖'의 의미가 있다. exhale은 숨을 밖으로 내쉬다(inhale: 숨을 들이마시다), exhibit은 밖에서 보이도록 전시하다, exile은 (나라 밖으로) 추방·망명하다, exude는 (냄새, 느낌, 액체 등을) 외부로 흘리다·풍기다, excavate는 (안에 있던 것을) 발굴하다·파내다, 라는 의미이다.

'밖, 외부'의 의미를 지닌 ex- 단어 중 ex-의 의미를 가장 소름 끼치게 잘 표현한 단어는 exhume일 것이다. 의미는 '(검시를 위해) 시체를 파내다'이다. 앞서 나온 mutilate처럼 '시체, 파내다'라는 두 가지 의미가 한 단어에 들어 있어서 우리말 한 단어로는 도무지 표현할 수 없는 또 다른 예이기도 하다. excavate, dig up, unearth 등 '파내다'는 의미를 지닌 다른 표현도 있지만 exhume은 '이미 입관된, 또는 땅을 파고 묻은 시체를 파내다'는 의미라서 땅속에 묻힌 지 오래된 보물을 파낼 때는 exhume을 쓰지 않는다. '파내다'라는 동사가 이미 있다면 또 다른 동사를 만들지 말고 경우와 상황에 맞는 목적어를 붙여서 '시체를 파내다' '동전을 파내다' 이런 식으로 쓰면 되지 않겠느냐고 생각할지도 모르겠다. 그런데 영어에는 이렇게 구체적인 특정 상황에만 쓰이는 단어가 별도로 존재하는 경우가 많다. 그러니 시험을 치러야 하는 교과목으로서 영어가 외울 게 많은 사악한 과목으로 미움을 받는 건 마땅하다 하겠다. 그리고 (죄송하게도 책 제목과는 달리) exhume은 시험에 안 나오는 단어가 아니라 가끔 만날 가능성이 좀 있는 단어이다.

exhume

exhume과 관련되어 어이 상실, 어처구니 상실, 터무니 상실 그 자체인 사건을 소개해보겠다.

18세기 서양에는 뱀파이어(vampire) 즉 흡혈귀 전설이 만연했다. 지금이야 전설이라고 하지만 당시에는 사실로 믿는 분위기가 강했다. 1730년대 중반에는 사람들이 모이기만 하면 이야기의 주제가 '항상' 그리고 '단연' 흡혈귀인 경우가 압도적이었다고 한다. 프랑스의 계몽철학자로 철학에 일자무식인 사람도 한 번쯤 그 이름을 들어봤을 법한 볼테르(Voltaire)는 ≪철학 사전≫에서 흡혈귀를 이렇게 소개했다. "시체인 흡혈귀는 밤에 무덤에서 나와 산 사람의 피를 빨아 먹고 무덤으로 돌아간다. 흡혈귀에게 피를 빼앗긴 사람은 안색이 창백해지고 힘이 없어지지만, 피를 먹은 시체 흡혈귀는 살이 오르고 피부에 혈색이 돈다."

흡혈귀의 존재를 믿지 않던 볼테르가 자신의 책에 이렇게 흡혈귀에 대해 언급했다는 것은 당시 흡혈귀 이야기가 얼마나 널리 퍼졌는지 그리고 대중의 삶에 얼마나 지대한 영향을 미쳤는지 짐작할 수 있게 해주는 대목이다. 흡혈귀라는 게 실존하지 않으니 볼테르가 소개한 흡혈귀에 대한 소위 '정보'는 찌라시 이상은 아닐 것이다. '찌라시'는 흥미 위주의 낚시성 삼류 기사 혹은 그런 기사를 보도하는 미디어·언론이다. '카더라 뉴스' '사기성 뉴스' '기만성 뉴스'로 부르기도 한다. 아무튼 당시 흡혈귀에 관한 찌라시가 너무 난무해서 모르는 사람이 없었고, 이 찌라시에 낚여 흡혈귀를 믿는 사람 역시 엄청나게 많았다. 그래서 혈색이 돌지 않아 얼굴이 창백하고 기

력이 없는 사람을 보면 대번 '쟤는 흡혈귀에게 피를 빨렸구나.'라고
생각했다.

　19세기에 들어서도 대중의 관심과 흥미를 사로잡은 화두는 여
전히 흡혈귀였다. 대중문화와 문학, 언론, 논평 등에 흡혈귀는 거짓
말 조금 보태서 툭 하면 등장했다. 그리고 이런 일이 있었다.

　미국 로드아일랜드에서 있었던 일이다. 1880년대 후반 폐결핵이
창궐했는데, 폐결핵은 사망률도 높고 전염률도 높아 많은 이들을
공포에 떨게 만든 질병이었다. 1남 2녀를 둔 브라운 부부는 로드아
일랜드의 엑세터 마을에 살고 있었는데, 폐결핵으로 부인과 큰딸이

사망했다. 나머지 가족은 살아남았지만, 얼마 후 다시 폐결핵이 유행하자 아들도 덜컥 폐결핵에 걸렸다. 아버지가 아들을 멀리 콜로라도로 요양을 보낸 사이 작은딸마저 폐결핵으로 세상을 떠났다. 당시 겨울이라 땅이 얼어 관을 묻기 어려웠고, 아버지는 언 땅이 녹으면 묻을 생각으로 작은딸의 관을 교회 지하실에 두었다.

아버지는 요양을 떠났던 아들을 데려왔다. 가족이 다 죽고 아들 하나 달랑 남았는데 그 아들이 돌아온다니, 아버지도 위로하고 아들에게 인사도 할 겸 친지들과 이웃들이 브라운의 집을 찾아왔다. 돌아온 아들은 혈색이 안 돌아 얼굴이 창백하고 기력이 하나도 없어 보였다.

잠깐만, 이거 어디서 많이 들어본 이야기인데…… 아니, 이 녀석 흡혈귀에게 피를 빨렸네!

수백 년에 걸쳐 질긴 명맥이 끊어지기는커녕 더 굵고 더 질겨진 흡혈귀 찌라시는 안 그래도 더 이상 찢길 데도 없을 만큼 너덜너덜해진 브라운 가족의 마음에 대못을 박는 사달을 내고 말았다. 아들은 전형적인 폐결핵 증상을 보이고 있었지만, 흡혈귀 찌라시에 낚여 정신이 가출하고 이성을 상실한 마을 사람들의 눈에는 흡혈귀에게 피를 빨린 피해자의 모습이었다. 게다가 먼 타지에서 치료와 요양을 일 년 반 동안 받았는데도 병세가 좋아지지 않았다는 사실에 마을 사람들은 아들이 병에 걸린 게 아니라 흡혈귀에게 피를 빨린 거라 확신했다.

이 정도도 상당히 어처구니가 없는데, 이후 마을 사람들의 행태는 '어처구니가 없다'는 표현으로는 그 황당함을 충분히 나타낼 수 없을 지경이었다. 사람들은 아들의 병세가 좋아지지 않는 게 가족 중 흡혈귀가 있다는 뜻이고, 그 흡혈귀가 아들의 생명력과 기운을 빨아먹기 때문이며, 죽은 가족의 무덤을 파헤쳐 누가 흡혈귀인지 알아내서 흡혈귀의 심장과 간을 태운 재를 아들에게 먹여야 아들이 살 수 있다는 너무나 어처구니가 없어서 입이 딱 벌어지고 기가 콱 막히는 업그레이드 된 찌라시를 늘어놓았다. 지금 같으면 #어불성설 #언어도단 #황당무계(또는 #지랄발광) 해시태그가 달린 밈이 SNS를 휩쓸었을 테지만 당시에는 그렇지 않았다.

아버지 역시 처음에는 펄쩍 뛰며 반대했다. 그러나 이웃과 친지들의 끈질긴 설득에 가족의 무덤을 파헤치기로, 즉 exhume을 결정했다. 먼저 2년 전 사망한 아내와 큰딸의 무덤을 파내 관을 열어보니 뼈만 남아 있었다. 이 말은 흡혈귀가 아니라는 뜻이었다. 그리고 교회 지하에 둔 작은딸의 관을 열었다. 딸이 사망한 게 1982년 1월이고 딸의 관을 연 게 같은 해 3월인데, 두 달이 지난 둘째 딸의 시신은 부패하지 않았다. 마치 잠을 자는 듯 가만히 누워 있는 둘째 딸의 모습은 아들의 생명력과 기운을 죄다 빨아 먹은 흡혈귀의 모습이었다. 사람들은 다 죽어가는 아들을 생각해라, 이미 죽은 둘째 딸 때문에 아들까지 죽일 셈이냐, 흡혈귀인 둘째 딸의 심장과 간을 빼내 가루로 만들어 아들에게 먹여야 아들을 살릴 수 있다고 또

exhume

끈질기게 설득했다. 아버지의 허락이 떨어지자마자 사람들이 둘째 딸의 시신에서 심장과 간을 꺼냈는데, 두 달 된 시신의 몸에서 피가 쏟아져 나와 철철 흘러넘쳤다는…….

둘째 딸의 이름은 머시 브라운(Mercy Brown)이다. 이들 가족의 이야기는 '머시 브라운 흡혈귀 사건(Mercy Brown Vampire Incident)'으로 실제 기록이 남아 있다.

기록에 따르면 브라운 가족 여럿이 폐결핵으로 사망했고, 아들 에드윈(Edwin Brown)도 폐결핵에 걸려 낫지 않자 흡혈귀 미신을 믿던 동네 사람들과 친지들이 머시 브라운의 관을 다시 열었다는 것까지는 사실이다. 하지만 그 이외의 이야기들은 근거가 없을뿐더러 사실도 아닌 것으로 보인다. 이를테면 심장과 간을 태워 가루를 아들에게 먹였지만 두 달 뒤 아들 역시 사망했다는 건(보통 찌라시가 퍼지면서 없던 살이 덕지덕지 붙어 완전히 새로운 찌라시로 거듭나기도 하듯) 흥미를 돋우기 위해 지어낸 자극적인 이야기가 붙은 듯하다. 하지만 아들이 이 사건 후 몇 달 뒤 사망한 건 사실이다. 그리고 머시 브라운의 시신이 부패하지 않은 (또는 부패 정도가 심하지 않았던) 것도 사실이다. 아마도 땅이 단단하게 얼 정도로 추운 겨울에 교회 지하실에 관을 두었기 때문일 것이다. 냉동 상태가 되어 머시의 시신이 부패하지 않았던 것으로 추정된다.

공식적으로 관을 열어 흡혈귀인지 확인한 뒤 간이나 심장을 빼

🌸 엑세터 교회에 있는 머시 브라운의 묘비

내지 않고 (당연히 시신에서 피가 쏟아져 나온 일도 없이) 머시의 장례가 치러졌고, 현재도 엑세터 침례교회 묘지에 안장되어 있다. 묘비에 '로드아일랜드의 마지막 흡혈귀(the last vampire)'라고 적혀 있다는 이야기가 돌았지만 이 역시 찌라시이다. 묘비에는 '조지 브라운과 메리 브라운의 딸, 1892년 1월 17일 19살의 나이로 사망하다.'라고 새겨져 있을 뿐이다. 참말로 찌라시는 예나 지금이나 정말 대책 없고 못 말리는 극강노답이라 하겠다.

영문 위키피디아에서 이 사건을 찾아보면 "George Brown was persuaded to give permission to exhume bodies of his family members(조지 브라운은 가족의 시신을 파내는 걸 허락하도록 설득 당했다). Villagers, the local doctor, and a newspaper reporter exhumed the bodies on March 17, 1892(1892년 3월 17일, 마을 사람들, 마을의 의사, 신문 기자가 시신들을 파냈다)."라고 나온다.

기자가 직접 참관한 가운데 exhumation(시신 파냄)이 진행된 덕분에 이 사건은 공식적으로 언론 기록에 남게 된 것이다. 브라운 가족 중 아버지를 제외한 아내와 세 아이 모두 폐결핵으로 사망했

홀리 트리니티 교회　　　　　셰익스피어의 무덤

고, 아버지 조지 브라운은 1991년에 BCG 백신(결핵 백신)이 개발되는 것까지 목도하고 1992년에 사망했다.

exhume과 관련되어 어이 상실, 어처구니 상실, 터무니 상실 그 자체인 사건이 하나 더 있다. 역시 실제 사건인데, 이 경우는 머시 브라운과는 반대로 exhume 되지 않아서 생긴 사건이다.

2016년 셰익스피어 서거 400주년 기념으로 영국의 텔레비전 방송사 Channel 4에서 그동안 궁금했지만 알아볼 도리가 없던 '셰익스피어 두개골 사건'을 다큐멘터리로 제작하여 방송했다. '셰익스피어 두개골 사건'이 뭐냐 하면, 누군가 셰익스피어의 두개골을 훔쳐가서 셰익스피어의 무덤에 두개골이 없다고 하는 유해 도난 사건이다.

셰익스피어는 1616년에 사망한 후 홀리 트리니티 교회(Holy

Trinity Church) 터에 묻혔다. 그래서 둥그런 흙 두둔과 묘비가 있는 일반적인 묘를 상상한다면 실망할지도 모른다. 왜냐하면 교회 건물 내 셰익스피어의 추모 석판(ledger stone)에 달랑 셰익스피어가 그 지점 땅속에 묻혀 있다고만 나와 있기 때문이다.

그렇게 셰익스피어가 영원히 잠들어 그의 작품만이 세상에 남겨진 줄 알았는데, 1879년 영국의 잡지 〈아거시 매거진Argosy magazine〉에 실린 어떤 기사 덕에 영원한 안식에 들어간 셰익스피어는 260여 년 만에 깨어나 세간의 관심을 받게 되었다. 기사의 요지는 1794년에 도굴꾼들이 셰익스피어의 무덤을 파고 두개골을 훔쳐 어느 부자에게 팔았기 때문에 현재 홀리 트리니티 교회 아래의 셰익스피어 무덤에는 그의 두개골이 없다는 것이었다. 대중의 관심을 모으긴 했지만 〈아거시 매거진〉에서 이 기사를 낼 때조차 단순 찌라시를 기사화했다는 의견이 많았다(물론 당시에 '찌라시'라는 표현은 없었다. '가짜' '신빙성이 없다' 등의 표현이 쓰였다).

17~18세기에는 유명한 사람, 특히 천재가 사망하면 몰래 무덤을 파서 두개골을 훔쳐 가는 일이 종종 있었다. 이미 사망한 사람의 두개골로 무엇을 알아낼 수 있다는 것인지 통 모르겠지만, 천재의 두개골은 어떻게 생겨먹었기에 두개골 주인이 천재가 되었나 하면서 연구하거나 그저 희귀한 것을 소장하려는 사람들이 있었다. 그러니 셰익스피어의 두개골이 도난당했다는 것 자체가 얼토당토않은 말은 아닐 수 있어도 실제 셰익스피어의 무덤을 파서 두개골만 빼 갔다

exhume

는 것은 떠도는 거짓 소문, 즉 찌라시라일 뿐이라며 대부분이 무시했다. 그냥 확인해보면 간단하게 해결되지 않나 싶겠지만 그럴 수가 없었다. 일반적인 무덤 같으면 파보기만 하면 대번 알 수 있을 것이다. 그러나 셰익스피어의 무덤에는 두 가지 문제가 있었다.

첫째, 셰익스피어의 무덤 위에 교회 건물이 들어서는 바람에 exhume 하려면 교회 바닥을 드러내야만 했는데 교회가 이를 거부한 것이다. 첫 번째 이유는 두 번째 문제로 이어졌다. 바로 추모 석판의 글귀 때문이었다.

Good friend, for Jesus' sake forbear
(좋은 친구여, 예수님을 위해)

To dig the dust enclosed here
(여기 묻힌 먼지를 파내는 것을 참으소서)

Blessed be the man that spares these stones
(이 돌들을 보존하는 자는 복을 받고)

And cursed be he that moves my bones.
(내 뼈를 옮기는 자는 저주를 받으리라.)

셰익스피어가 썼다고 명시되어 있지는 않지만, 이것이 셰익스피어의 추모 석판이라는 걸 다들 인정했기에 석판의 글귀는 죽기 전 셰익스피어의 소망 혹은 유언으로 여겨지던 터였다. 셰익스피어는 생전에 천재가 죽으면 두개골을 훔쳐 가는 도둑놈들이 많다는 걸 알고 있었을 것이다. 자신이 천재라는 것도 스스로 인정하고 있었을 것이다. 그래서 천재인 자기가 죽은 뒤 묘를 파내 두개골을 훔쳐 가려는 얼빠진 놈들의 얼빠진 계획이 세워지기도 전에 미리 차단하고자 천재스럽게도 이런 살 떨리는 문구를 추모 석판에 쓰게 한 것일까?

어쨌든 교회는 교회 바닥을 뜯어내는 데 동의하지 않았고 이후에도 하지 않을 거라 못을 박았다. 또 자기 무덤을 파는 사람에게 저주를 퍼붓는 오금도 저리고 소변도 지리게 만드는 글귀를 읽고도 "미스터리를 풀 수만 있다면 저주 따위가 대수냐."고 하면서 무덤을 파내겠다고 나서는 용맹하거나 무모한 사람도 없었다. 이렇게 해서 셰익스피어 두개골 사건은 미스터리로 남게 되었다.

그렇게 세월이 흐르고 흘러 셰익스피어 서거 400주년이 되는 2016년이 되었다. 그냥 세월이 정처 없이 흐르기만 한 게 아니라 세월의 흐름과 함께 과학기술도 발전해 이제는 교회 바닥을 뜯어내지 않고도 바닥 아래 땅속에 뭐가 있는지 알 수 있는 장치가 개발되었다. GPR이라고 하는 일종의 레이더로 정확히는 non-invasive ground-penetrating radar(비침습적 지표투과 레이더)이다. 우리말 명칭을 읽은 뒤에도 무엇을 하는 물건인지 궁금증이 거의 해소되지 않는 장치이다.

GPR 장비를 갖춘 일단의 고고학자 팀은 추모 석판 주위의 땅속에 무엇이 있는지 대략 확인할 수 있었고, 그 결과가 Channel 4를 통해 방영되었다. 레이더로 땅속을 들여다본 것일 뿐 실제 땅을 파고 무덤을 파헤쳐 시신을 확인한 게 아니기에 100% 장담할 수는 없지만, 〈아거시 매거진〉이 1879년에 취재해서 올린 기사가 단순 찌라시가 아니라 "사실일 것 같다"는 게 고고학자들의 의견이었다. 수백 년 동안 셰익스피어 무덤에 관해 떠돈 각종 소문, 이를테면 아무도 무덤을 파헤치지 못하도록 엄청 깊게 묻혀 있다, 교회 근처 다른 곳에 셰익스피어의 두개골이 묻혀 있다 등은 확인한 결과 모두 찌라시였다. 다만 레이더에 의하면 머리 부분의 흙이 파헤쳐졌다가 다시 덮인 것처럼 보였고, 두개골이 있어야 할 자리에 두개골이 감지되지 않았다.

교회는 어쩌다 셰익스피어의 무덤 위에 교회가 건축되었는지 알 수 없고, 셰익스피어의 두개골이 도난당했다는 것 역시 명확하게 증명되었다고 생각하지 않는다고 하면서, 추모 석판의 글귀처럼 셰익스피어 본인이 원하는 바를 존중하는 차원에서 교회 바닥을 뜯어내고 셰익스피어의 묘를 exhume 하는 일은 허락하지 않겠다고 했다. 이렇게 해서 '머시 브라운은 흡혈귀가 아닌 것'으로 깔끔하고 명확하게 결론이 난 첫 번째 사건과는 달리 셰익스피어 두개골 사건은 '두개골이 도난당했을 가능성이 있다.'는 정도로 전혀 깔끔하지 않게 끝나 영원한 미스터리로 남게 되었다.

　마지막으로 대책 없고 못 말리는 극강노답 찌라시의 맹활약으로 사회심리 분야의 용어까지 생긴 사건을 소개하겠다.

　1964년 3월 13일 새벽, 뉴욕 퀸스 아파트 단지에서 캐서린 제노비스(Katherine Genovese)가 강도에 찔려 사망했다. 제노비스는 약 35분 동안 칼에 찔리며 비명을 질렀고 도와 달라 외치며 몸부림쳤지만 결국 사망했다. 범인은 윈스턴 모즐리(Winston Moseley)로 제노비스의 사망사건 뒤 6일이 지나 다른 범죄 혐의로 체포되었고, 제노비스 살인을 자백하면서 사건은 일단락되는 듯했다.

　얼마 뒤 "이 잡지를 읽어본 사람은 없을지 몰라도 잡지 이름을 못 들어본 사람은 없다."는 그 이름도 유명한 〈뉴욕 타임즈〉에서 이 사건을 크게 보도했다. 편집장 에이브러헴 로젠탈(Abraham Rosenthal)은 경찰로부터 이 사건을 들은 후 마틴 갠스버그(Martin Gansberg)에게 기사를 맡겼다. 그리고 3월 27일 〈뉴욕 타임즈〉에 "살인을 목격하고도 경찰에 신고하지 않은 38명(Thirty-Eight Who Saw Murder Didn't Call the Police)"이라는 시선을 확 끄는 (동시에 불의에 대한 분노의 불을 확 붙이는) 제목의 기사가 올라왔다(어처구니없게도 기사에 37로 나온 건 오타이다). 이 기사는 단번에 폭발적인 반응을 불러일으켰다. 편집장 로젠탈은 ≪38명의 증인들: 캐서린 제노비스 사건(Thirty-Eight Witnesses: The Kitty Genovese Case)≫이라는 책도 출간했

캐서린 제노비스 사건 기사

다. 기사와 책의 내용은 '온혈동물이기를 포기한 냉혈한 방관자들 때문에 앞날이 창창한 젊은 여성이 사망했다.'로 요약할 수 있다.

인간성을 어디에 갖다 버렸냐, 시민 정신은 국에 말아 먹었냐……. 개탄하는 언론·방송이 이어졌다. 심지어 38명의 신원을 공개하라는 요구까지 있었다. 제노비스가 공격당하는 동안 도와주지는 못할망정 신고조차 하지 않은 얼음도 울고 갈 현대 사회 대도시의 냉담함에 모두가 치를 떨었다. 이 사건으로 어려움을 당하는 타인을 보고 방관하는 인간의 심리 연구가 시작되었고, 주위에 사람이 많을수록 방관할 가능성이 높다는 "방관자 효과"라는 용어까지 생겨났다.

40여 년이 지난 2007년, 〈뉴욕 타임즈〉 보도는 과장을 넘어 가짜에 가깝다는 것이 밝혀졌다. 모든 목격자가 방관자였던 게 아니라는 것이다. 일부는 살인 사건이 아닌 연인 간의 다툼이라 생각했고, 또 두 명은 실제 경찰에 신고했으며, 한 명은 집 밖으로 나와 죽어가는 제노비스를 부축하며 도왔다. 그리고 50여 년이 지난 2016년 〈뉴욕 타임즈〉는 기사의 오류를 인정했다. 도대체 뭐 하자는 것인지.

사실 기사가 나간 직후 문제를 발견한 다른 언론사 기자가 기사를 쓴 마틴 갠스버그에게 오류를 따졌다고 한다. 이에 갠스버그는 자신이 자극적인 낚시성 (또는 사기성 짙은) 제목을 뽑고, 사실이 아니지만 사실인 양 기사를 쓴 찌라시 생산자 및 유포자였음을 인정했다. 하지만 이를 묵인하고 기사를 잡지에 실은 '그 유명하다는 〈뉴욕 타임즈〉의, 그 저명하다는 퓰리처상 수상에 빛나는' 로젠탈 편집장을 비난해 봐야 좋을 게 없어 아무도 이를 문제 삼지 않았다는 것이다.

이렇게 어이없고 어처구니없고 터무니없는 찌라시로 탄생한 '방관자 효과'가 실제 인간 사회에서 빈번하게 일어나는 현상이라니, 이렇게 어이없고 어처구니없고 터무니없는 일이 다 있나.

psionic

영어 단어 중 가장 미운 단어는 '의미를 검색했을 때 의미를 읽고도 의미를 알 수 없는 단어'이다. 예를 들어 narcissist를 검색했더니 '나르시시스트'라고 나오는 경우이다. 남들이 '샷시, 샷시' 하길래 이게 뭔가 궁금해서 '샷시'라고 검색했더니 sash가 나오고, 다시 sash를 영어 사전에 검색하니 '샷시'라고 나오면 어지간히 성격 좋은 사람도 열 받지 않을 수 없다. 그런데 사전에 'sash-샷시'라고 나오고, 이어 '내리닫이창, 새시' 이렇게 나오면 '샷시가 내리닫이창이구나, 맞는 한글 표기는 새시구나.'라고 이해하게 되고 검색한 보람도 뿜뿜 느낄 수 있다.

검색한 후 시원·통쾌하게 의미를 알아내기는커녕 오히려 더 답답해져 분노가 폭발한 경험이 있을 것이다. 개인적으로 이런 극대노를 야기한 가장 미운 단어를 꼽자면 단연 psionic이다. 이 단어를 검색해보자.

＊ psionic: 프시 입자의

사전에 이렇게 나온다. 뭐 하자는 것인가? 살짝 짜증이 나기 시작한다. 뜻이 '프시 입자의'라고 하니까 '프시'를 찾으면 혹시 의미를 알 수 있나 싶어 psi를 검색해보았다.

＊ psi: 프사이(Ψ, ψ : 그리스 알파벳의 스물세 번째 글자)

이렇게 나온다. 짜증이 분노로 바뀌려는 걸 애써 억누르며 그 아래까지 쭉 읽어보았다.

* P.S.I.: (도금 기술 용어사전) 평방 인치당 파운드 힘(pond-force per square inch), 타이어 등의 압력을 나타내는 약어
* PSI: Proliferation Security Initiative(대량 살상 무기 확산 방지 구상)
* PSI: Personalized System of Instruction(개별화 교수법)
* PSI: Pollution Standard Index(환경오염 지수)

어느 것 하나 궁금증을 해소해주지 않았다. 내가 이러려고 검색했나 자괴감이 들었다. 동시에 분노가 화르르, 키보드 위의 손가락이 부르르 떨린다. 일단 이런 것들과 무관한 문맥에서 psionic을 만났기 때문에, 상기에 나열된 두문자나 약어는 내가 찾는 그 psionic이 아닐 것이다. 마음을 가라앉히고 영어로는 안 될 것 같아 이번에는 한글로 '프시'라고 검색해보았더니,

* 프시(psi): 초감각적 지각, 염력 같은 초능력 현상을 통틀어 이르는 말

이렇게 나왔다. 세 번째 검색에서 드디어 알아들을 수 있는 표현이 나온 것이다. '프시'라는 건 일종의 초능력으로 육감, 염력 등을 죄다 포함한다. 그렇다면 psionic이 초능력과 관련된 의미일 가

능성이 높다. psionic도 한글로 검색해보자고 마음먹었다. 일단 한글 발음을 정확히 알아야 한다. 그래야 검색할 수 있을 것이다.

　가수 싸이(PSY) 발음에서 알 수 있듯이 영어에서는 p와 s가 단어의 첫 글자로 시작하는 경우 p는 발음되지 않는다. '정신이 이상한 사람, 정신병자'를 의미하는 '사이코'의 영어 철자는 psycho이다. 정신과의사는 psychiatrist, 심령술사, 점쟁이는 psychic이라고 한다. 모두 첫 번째 글자인 p가 발음되지 않는 묵음이다. 그렇다면 psi 역시 '프시' 또는 '프사이'로 발음하기보다는 '사이/싸이'로 발음하는 게 적당할 듯하다. 다만 무슨 이유에서인지 이 단어의 발음을 '프시'로 적은 경우가 많다. '프시'라는 제목의 책도 있는데 "Psi"라는 영어 제목을 '프시'로 번역한 것이다. 그래서 '프시오닉'과 '사이오닉' 두 가지 모두 검색해보기로 했다.

　'프시오닉'으로 검색하니 게임 설명 같은 건데, 한글이지만 도통 무슨 말인지 단한 문장도 이해할 수 없는 얘기가 나와서 넘어가고, '프시오닉 파워'라는 표현과 함께 영화 〈엑스맨〉 중 스톰을 설명한 글이 나왔다(내가 이 단어를 발견한 표현이 바로 psionic power였다. 하지만 해당 글에서는 '프시오닉 파워'라고 되어 있고 이게 무엇인지는

💮 스톰

설명이 나오지 않았다. 아마도 당연히 이 표현의 의미를 알 것으로 여기고 글을 쓴 듯했다).

연이어 '사이오닉'으로 검색했더니, '마음, 정신'을 뜻하는 psyche 와 '전자공학, 전자기기'를 뜻하는 electronics를 조합한 단어라는 반가운 설명을 만날 수 있었다. 다섯 번 검색한 끝에 겨우 알아들을 수 있는 한글 설명이 나온 것이다. 애초에 '사이오닉'으로 검색하면 될 것을! 다시 한번 속에서 욱- 분노가 치솟았다. psionic으로 검색했을 때 '프시 입자의' 옆에 '사이오닉'이라고만 써주었어도 이런 시간 낭비, 에너지 낭비는 하지 않았을 게 아닌가! 나는 검색에 검색을 거듭한 덕에 psi, psionic 의미를 확실하게 알 수 있었고 두 단어를 영원히 기억할 수 있게 되었지만, 그럼에도 이 두 단어는 내가 제일 미워하는 단어 공동 1위라는 불명예를 안게 되었다(이런 밉살맞은 단어가 시험에 나올 리도 없을 것이다).

아무튼 psionic(사이오닉)은 공상과학 소설이나 초능력자/슈퍼히어로가 등장하는 영화, 만화, 게임에 등장하는 신조어로, "정신력으로 전자기기에 영향을 미치는 초능력"이다. 그래서 '사이오닉/싸이오닉'으로 검색하면 스타크래프트, 발더스 게이트 같은 게임 관련 글이 올라온다. 이유인즉 psionic power를 가진 게임 캐릭터가 있기 때문이다.

그럼 내가 psionic power를 어디에서 보았느냐 하면, 너무 많아서 거짓말을 보태지 않고 '셀 수 없을' 지경인 마블 코믹스의 슈퍼히어로와 슈퍼빌런을 설명한 글에서 읽었다. 아는 사람은 알겠지만, 마블의 슈퍼히어로와 슈퍼빌런을 다 알고 기억하려면 뇌의 품질이 대단히 우수하거나 국영수 공부하듯 머리 싸매고 공부하며 외워야 한다. 그리고 D.C. 코믹스의 슈퍼히어로와 슈퍼빌런은 별도이다. 마블 코믹스와 D.C. 코믹스의 슈퍼히어로와 슈퍼빌런을 다 합치면 거짓말 조금 보태서 서울 인구의 절반일 수도 있다. 두 회사의 캐릭터를 쫙 꿰고 싶다는 치기 어린 무모함으로 무작정 덤볐다가 그 많은 슈퍼히어로와 슈퍼빌런의 이름, 슈퍼파워, 상대편 히어로/빌런에다 소속 회사까지 구분해서 외워야 하는 이중고에 '차라리 고시를 준비하는 게 낫지 않나.' 하며 자괴감에 빠질 수 있으므로 뇌를 혹사할 목적이 아니라면 대충 좋은 놈/히어로, 나쁜 놈/빌런 정도만 구분하는 데 만족하기를 권한다. 생긴 거 보면 딱 나오지 않나 싶겠지만 예상보다 생긴 대로 놀지 않는 캐릭터가 많으므로 관상/느낌에 기초한 선입견은 금물이다.

말이 나온 김에 이런 슈퍼히어로 만화책도 있다. 지구와 비슷한 레브람(Levram 행성; Marvel 철자를 거꾸로 한 이름)은 인구 전체가 슈퍼파워를 갖고 있는데, 이곳에 아무런 슈퍼파워가 없는 인간 한 명이 우연히 불시착하면서 벌어지는 에피소드를 다룬 짐 발렌티노의 만화책(1983년)이다. 그 흔해 빠진 슈퍼파워가 단 하나도 없는 괴이

한 주인공 "완벽한 평범인(The Complete normalman)"이 만화책의 제목이기도 하다.

본론으로 돌아와서 마블의 슈퍼빌런 중 한 명이 가진 슈퍼파워로 psionic power가 나왔는데, 이게 뭔지 몰라서 검색하고 검색하다 겨우 찾아낸 게 '사이오닉 파워'였다. 앞서 설명한 대로 이는 깔끔하게 우리말 두 단어로 표현할 수 없고, 줄이고 줄여도 "정신력으로 전자기기에 영향을 미칠 수 있는 초능력" 이하로 줄일 도리가 없는 표현이다. 그런데 막상 설명을 죽 읽어보면 전자기기와는 크게 상관없다는 걸 알 수 있다. ChatGPT에 물어봐도 electronics보다는 psyche/psi에 더 큰 의미가 있다, 아니, 몰빵되어 있다고 나온다. 좀 더 구체적으로 표현하면, 'paranormal abilities or psychic powers(초자연적인 능력 또는 초자연적인 정신력)'이라 할 수 있다. 한마디로 superpower라는 뜻이다. 이미 'superpower(초능력)'라는 멀쩡한 표현이 버젓이 그리고 널리 잘 쓰이고 있는데, 왜 굳이 psionic power라는 말을 만들어내어 알고 싶지도 않은 psi라는 단어를 영원히 기억하게 만든 것인가! 이걸 검색해서 알아내겠다고 부질없이 낭비한 시간을 생각하면 분노의 불길이 다시 한번 활활 타오르지 않을 수 없다. 태산이 높다 한들 안 오르면 그만이고, 단어 뜻이 한 번에 검색되지 않으면 안 외우면 그만인 것을.

아무튼 내가 읽은 사이오닉 파워를 가진 이 슈퍼빌런은 해리성 정체감 장애(dissociative identity disorder)를 가지고 있다. 이는 한 사람이 둘 이상의 인격을 가진 정신 질환이다. 여기서 '해리'는 이 용어를 만들어낸 정신의학 박사님 이름이 Harry(해리)여서가 아니라 "解(해; 풀다, 벗다)+離(리; 떠나다)"에서 온 것이다. 즉 원래 하나이어야 하는데 풀려서 분리되어 떨어진다는 의미의 '해리'이다. 흔히 '다중인격 장애'라고도 한다. 정상인이라면 정체성이 하나인데, 해리성 정체감 장애가 있는 사람에겐 완전히 다른 인격이 여럿 존재한다. 지킬 박사와 하이드 씨가 대표적인 예다.

해리성 정체감 장애를 갖고 있다 보니 이분의 정체성은 셋이나 된다(셋도 너무 많은데, 나중에 넷이 된다). 정체성마다 이름도 각각이다. 메리 워커, 타이포이드 메리, 블러디 메리 이렇게 셋이고 셋의 인격 역시 다 제각각이다. 메리 워커(Mary Walker)는 초능력도 없고 소심한 평화주의자로 당연히 빌런이 아니다. 그런데 타이포이드 메리(Typhoid Mary)와 블러디 메리(Bloody Mary)라는 인격이 발현되면 대번 빌런으로 돌변한다. 빌런일 때 발휘되는 초능력이 몇 가지 있는데, 탐욕적이고 폭력적인 캐릭터가 강한 타이포이드 메리일 때보다 남성 혐오적이고 잔인한 캐릭터가 강한 블러디 메리일 때 세 가지 초능력이 가장 강력해진다(남성 혐오적으로 된 건 눈물 없이 들을 수 없는 메리의 불우한 어린 시절과 관련이 깊다).

우리말로 된 캐릭터 설명에서 대표적인 초능력으로 "염력" "화염 생성 능력" "최면" 세 가지가 나오는데, 다 사이오닉 파워의 일종

* 《지킬 박사와 하이드 씨》(*Dr. Jekyll And Mr. Hyde*)는 미국에서 제작된 루벤 마모울리언 감독의 1931년 공포, SF 영화이다. 로버트 루이스 스티븐슨의 동명의 소설을 바탕으로 제작되었다.

* 타이포이드 메리. 본명은 메리 워커이다(알렉스 말리브 그림).

으로 표현하고 있었다(다시 보니 모두가 아는 표현인 '슈퍼파워'보다 알 만한 사람만 아는 표현인 '사이오닉 파워'가 요즘 젊은이들 표현으로 소위 '간지 쩌는 듯'하다. 이후 사이오닉 파워로 쓰겠다).

첫 번째 사이오닉 파워는 염력이다. 염력은 psychokinesis/telekinesis라고 하는데, 손을 대지 않고 정신력만으로 물건이나 사람 등을 움직이게 하는 능력이다. "念(염; 생각하다)+力(력; 힘)"이라는 표현 자체가 생각/정신에서 나오는 힘/능력으로 '정신'을 뜻하는 psych-와 '운동, 동작'을 뜻하는 -kinesis가 만난 psychokinesis로 표현할 수도 있고, '먼 거리'를 뜻하는 tele-와 '운동, 동작'을 뜻하는

-kinesis가 만나 telekinesis로 표현할 수도 있다. 손을 뻗어 작은 물건에서 자동차에 이르기까지 별의별 오만가지 물건을 원하는 데로 옮기거나 우주로 날려 보내거나 땅바닥에 패대기치는 건 슈퍼히어로들의 흔한 사이오닉 파워이다. 너무 흔해 빠져서 슈퍼히어로들 사이에서 대단한 파워라고 나대기도 뭣할 정도인데, 타이포이드 메리/블러디 메리(너무 기니까 이후 그냥 '메리'라고 하겠다) 역시 이 능력을 자유자재로 쓸 수 있다.

두 번째 사이오닉 파워는 화염생성 파워다. 화염생성 파워는 pyrokinesis라고 하는데 pyro-는 '방화, 불 붙임'의 의미이고 -kinesis는 '운동, 동작'이므로 pyrokinesis는 염력으로 불을 붙이는 능력을 말한다. 성냥이나 라이터를 대지 않고, 당연히 손도 대지 않고, 목표 대상에 불을 붙게 만드니까 무겁고 휴대가 간편하지 않은 화염방사기 따위는 개나 줘버려도 되는 아주 유용한 사이오닉 파워이다.

마지막으로 최면 능력이 있다. 최면 능력은 영어로 hypnotic power이다. 최면의 뜻은 다들 잘 알 것이다. 메리는 특히 정신력이 약한 사람이나 동물을 깊은 잠에 빠뜨릴 수 있고, 자신의 최면에 저항하지 못하도록 정신을 무장해제 시킬 수도 있다. 이 능력 하나만 갖고 있으면 사실 염력이나 화염생성 능력은 쓸 필요가 없지 않나 싶다.

psionic

이 정도 사이오닉 파워를 가졌다면 슈퍼히어로로 한 명만 상대하기는 아깝다. 그래서 그런지 실제 여러 시리즈에 등장한다. 1988년 마블 코믹스 데어데블(Daredevil)을 못살게 구는 악당으로 처음 등장했고(1998년 데어데블즈 만화 표지에 엄마를 부르며 엉엉 우는 듯한 마스크를 썼는데도 아파 죽겠다는 고통이 독자에게 그대로 전달되는 데어데블이 나오고, 뒷배경에 화염과 함께 메리로 추정되는 사람의 광기 어린 눈매가 나온다. 만화를 읽어보지 않았지만, 데어데블이 저 정도로 굴욕적인 표정을 지었다면 메리가 화염생성 파워로 데어데블을 어지간히 못살게 군 모양이다). 이후 스파이더맨(Spiderman)과 데드풀(Deadpool) 시리즈에도 등장한다.

메리는 원래 스파이더맨에 나오는 조폭 두목인 킹핀(Kingpin)의 부하였는데, 2022년에 킹핀의 두 번째 부인이 되어 신분이 수직상승했다. 2007년 어벤저스 시리즈에 나오는 뮤턴트 제로(Mutant Zero)라는 악당이 바로 메리인데, 내용에서도 나중에 자신이 사실 타이포이드 메리라고 정체를 밝힌다.

❋ 뮤턴트 제로(스테파노 카셀리 그림)

마블이든 D.C.든 회사를 막론하고, 또 히어로든 빌런이든 관계없이 대부분의 여성 캐릭터는 가릴 데만

가린 '헐벗음 스타일'로 나온다. 메리도 예외가 아니어서 패션 센스가 매우 돋보인다고 보기는 어렵다. 그렇지만 일반적인 히어로/빌런 여성 캐릭터들의 패션이 쫄쫄이 아니면 헐벗음 둘 중 하나니까 이해할 수 없는 패션 센스를 이유로 패션 폴리스에 신고할 건 없다. 그런데 메리가 긴 장검을 양손에 들고 잘 싸운다는 건 좀 이해하기 어렵다. 양손잡이라는 걸 자랑질하려는 의도가 아니라면 염력을 쓸 수 있는데 굳이 장검을 쓸 이유가 있나 싶다. 피가 낭자한 유혈사태를 연출해야만 진정한 악당이라는 다소 구시대적인 생각의 틀에 갇혀 있는 건 아닌가, 그렇다면 '사이오닉 파워'라는 용어가 풍기는 쿨내 진동 이미지와 동떨어진 구태의연한 과거지향적인 행태가 아닌가, 그런 생각도 든다. 사실 메리는 맨손 격투에도 능한데, 이 역시 염력이나 최면 같은 사이오닉 파워를 고려할 때, 자신의 무술 실력을 자랑질하려는 의도가 아니라면 굳이 주먹질할 필요가 있나 싶다. 사이오닉 파워의 효과적인 사용법을 누가, 아니, 사이오닉 파워가 없는 나라도 나서서 가르쳐줘야 하는 게 아닌가 그런 생각마저든다.

그런데 typhoid와 bloody 단어는 왜 Marry 앞에 붙었을까? typhoid는 고열을 동반한 구토, 설사 증상을 보이는 수인성 전염병인 장티푸스이다. Typhoid Marry라고 불린 이유는, 장티푸스에 걸리면 일반적으로 열이 나는데, 메리의 화염생성(pyrokinesis) 능력 때문에 이런 이름이 붙었다. 그리고 실제 역사상 Typhoid Marry라 불린 여성이 존재했고, 그 여성의 별명에서 따 온 것이기도 하다. 두 번째 bloody는 문자 그대로라면 '피의, 피비린내 나는'이라는 뜻이고, 구어체에서는 속어로 '지랄 같은, 지독한' 등의 의미로 많이 쓰인다. 역시 Bloody Marry라 불리는 실존 인물에게서 따 온 것이다. 두 메리 모두 악당의 이미지가 있어서 이들의 별명에서 이름을 따 온 듯하다.

원조 Typhoid Marry인 메리 맬런(Mary Mallon)은 누구일까? 1869년 북아일랜드에서 태어난 메리는 굶기를 밥 먹듯 하며 가난에 찌들어 살다가 15살의 어린 나이에 홀로 미국으로 이민했다. 굶어 죽지 않으려고 닥치는 대로 일하던 메리는 30대에 들어서서 부잣집 요리사로 정착했다. 실제 메리는 요리에 재능이 있었다고 한다. 그렇게 1900년부터 여러 부잣집을 다니며 요리 잘하고 성실한 요리사로 인정받았지만, 1907년에 뉴욕시 보건당국에 의해 체포되면서 요리사 생활도 끝나버렸다. 사망 사고에 연루되었기 때문이었다.

메리는 모든 고용주가 인정하는 괜찮은 일꾼이었다. 몸집이 좋고 건강한 데다 근면하고 성실한 요리사였다. 다만 무뚝뚝하고 퉁명스럽고 성질이 불같아서, 한번 성질이 나면 흉기에 가까운 조리도구를 휘두르거나 성질을 돋운 상대를 이빨로 물어뜯는 게 흠이었다. 하지만 요리사가 요리만 잘하면 됐지, 성질이 더러워 화가 나면 살인마처럼 날뛴다는 게 무슨 대단한 흠이라도 된단 말인가!

메리와 관련이 있다는 사망 사고는 놀랍게도 메리의 성질머리와는 아무 관련이 없었다. 실제 메리는 사망자 중 어느 사람에게도 조리도구를 휘두르지 않았고 아무도 물어뜯지 않았다. 사망자 중 메리의 손가락 끝도 닿은 사람이 없었다. 도대체 어떻게 해서 메리는 이들의 사망과 관련이 있다며 체포된 것일까?

1906년 여름, 은행업자 갑부 가족에게 굴욕적인 사건이 일어났다. 이들은 뉴욕에서도 자타공인 부자 럭셔리 동네인 오이스터 베이(Oyster Bay)에 럭셔리 저택을 빌려 휴가를 보냈다. 즐겁고도 럭셔리하게 휴가를 보낼 계획이었지만 이곳에서 머문 단 10일간 가족과 일꾼들이 죄다 장티푸스에 걸리는 굴욕을 겪어야 했다. 이게 굴욕인 이유는 일반적으로 장티푸스는 가난하고 비위생적인 환경에서 발병하기 때문이다. '비위생'은 럭셔리 부자들의 체면을 위해 쓴 나름 럭셔리한 표현이고 체면 따위를 고려하지 않고 설명하면, 특정 살모넬라균에 오염된 대변/소변이 묻은 음식이나 물을 마시면 장티푸스에 걸린다. 그래서 장티푸스 검사는 대변으로 하고, 수인성 질병인 장티푸스를 조사할 때 수도나 화장실 등을 조사한다.

럭셔리는 고사하고 죽도록 고생만 한 갑부 가족이 떠난 뒤, 럭셔리 저택의 주인이 돌아왔다. 말할 필요도 없이 주인은 불안했다. 럭셔리 저택이 즐비한 오이스터 베이에 장티푸스가 발병한 거 자체가 럭셔리한 지역 사회에 큰 충격이었다. 럭셔리를 최우선 가치로 소중히 여기는 부자 동네에서 장티푸스 발병이라는 건 럭셔리 이미지에 보통 심각한 타격이 아니었다. 한마디로 먹는 것도 럭셔리해야만 하는 부자들이 균에 오염된 똥, 오줌이 묻은 음식이나 물을 먹었다는 뜻이기 때문이다. 뉴욕시에서도 조사를 실시했고, 저택 주인은 의학 박사인 조지 소퍼(George Soper)를 조사관으로 고용했다.

　뉴욕시 보건당국에서는 저택의 모든 수도를 검사했지만 다 음성이 나왔다. 소퍼 박사는 수도 시설보다 음식을 의심했다. 그는 지난 약 8년간 뉴욕의 잘 사는 럭셔리한 동네의 부잣집에서 간헐적으로 장티푸스 집단 발병이 이어져 왔음을 알고 있었다. 럭셔리와 거리가 먼 장티푸스가 럭셔리 그 자체인 동네와 가정에서 발병했지만, 막상 조사해보면 수도나 위생시설에 다들 아무 문제가 없었다. 수도 시설 역시 럭셔리하게 갖추어졌기 때문이다. 소퍼 박사는 이전에 장티푸스가 발병한 가정을 일일이 찾아다니며 조사를 실시했다. 그 결과 장티푸스가 발병한 가정마다 특정 요리사가 일한 시기와 장티푸스 발병 시기가 대략 일치한다는 사실을 알아냈다. 그 특정 요리사가 일한 시기를 기준으로 며칠에서 3주 후에 그 가정에서 장티푸스 집단 감염이 발생했는데, 10년간 여덟 가정에서 22명의 장티푸스 환자가 발생했고 그중 한 명이 사망했다. 소퍼 박사는 그 요리사가 아일랜드 출신의 건강한 40대 여성이고, 미혼이며, 성질이 괴팍하지만 솜씨가 좋은 요리사라는 걸 알아냈다. 그러나 그 요리사를 찾을 도리가 없었다.

　이듬해 뉴욕 최고의 럭셔리 동네인 파크 애비뉴의 럭셔리 주택에서 장티푸스가 집단 발병했다. 이 소식을 듣자마자 소퍼 박사는 부리나케 그 부잣집을 찾아갔고, 아일랜드 출신의 건장한 40대 여성으로 딱 봐도 한 성질 할 것 같은 험악한 인상의 요리사를 만날 수 있었다.

소퍼 박사는 요리사에게 대변 샘플을 요구했다. 당연히 다짜고짜 "당신의 똥을 내놓으시오!"라고 한 건 아니었다. "당신이 아무래도 장티푸스를 옮기는 같다, 당신이 일한 곳마다 장티푸스가 집단 발병했다, 검사를 위해 대변 샘플을 좀 주면 좋겠다."라고 차근차근 설명하며 협조를 구했다. 하지만 메리는 자신은 아픈 적이 없는데 어떻게 장티푸스를 옮기겠느냐며 거부했다. 소퍼 박사가 물러설 기미를 보이지 않자 그녀는 흉기로 써도 전혀 손색이 없는 대형 포크를 휘두르며 소퍼 박사를 쫓아냈다. 소퍼 박사는 생명의 위협에도 불구하고 다시 메리를 찾아 협조를 구했다. 이번에는 봉변을 당하지 않으려고 사람들을 많이 데려갔지만, 메리가 자신을 잡으려는 사람들을 입으로 물어뜯으며 거세게 저항하는 통에 또다시 봉변만 당하고 메리도, 메리의 대변 샘플도 확보하지 못했다.

결국 소퍼 박사는 뉴욕시 보건당국에 신고했고, 경찰이 출동해 메리를 체포해 격리시키고 구금했다. 1908년, 메리는 의학계의 관심을 한 몸에 받았다. 메리는 건강해 보였다. 실제로도 건강해서 지난 10년간 아프다고 쉰 적이 한 번도 없었다. 소퍼 박사는 메리 몸에 장티푸스균이 있지만 자신은 증세를 보이지 않고 균만 옮기는 무증상 보균자라고 생각했다. 물론 메리는 자신이 건강한데 남에게 병을 옮긴다는 걸 도무지 이해하지 못했다. 메리가 가방끈이 짧아서 이해하지 못했을 수도 있지만, 당시 무증상 보균자라는 게 있을 수 있는지 확인된 바 없었으니, 아무리 가방끈이 길다 한들 확신하지 못했을 것이다. 실제 메리는 의학적으로 확인된 최초의 무증상 보균자였다.

보건당국은 격리, 구금된 메리를 조사했다. 알고 보니 메리는 화장실을 다녀온 후에도 손을 씻지 않고 요리를 해온 기겁할 구토 유발자였다. 놀랍지 않게 그녀의 대변과 소변에서 살모넬라균이 발견되었고, 정밀 검사를 통해 메리의 담낭(쓸개)에 균이 서식하는 것으로 밝혀졌다. 담낭에 균이 얼마나 우글우글 많았는지 의료진이 담낭 제거 수술을 제안했지만 메리는 '쓸개 빠진 인간'이 되기를 거부했다. 장티푸스는 특정 살모넬라균에 감염된 환자·보균자의 소변, 대변에 오염된 음식·물을 먹으면 감염되니까, 메리는 장티푸스를 널리 퍼트리는 가장 빠르고 가장 확실한 방법으로 요리사 일을 수행했던 것이다. 이렇게 해서 메리 맬런은 장티푸스 메리(Typhoid Marry)라는 다소 더럽고 몹시 모멸적인 별칭으로 언론에 대서특필되었다. 메리는 거대 포크로 누군가를 찌르거나 살점을 물어뜯어 살인한 적은 없지만, 사망사건의 원인으로 지목되어 1910년까지 강제로 격리되었다.

15살 나이에 홀로 미국에 건너와 갖은 고생을 다 견뎌낸 메리는 '수십 명에게 역병을 전염시키고 사망자까지 나온 게 대수냐?'며

메리 맬런에 의한 장티푸스 감염을 알리는 1909년 신문 기사

순순히 강제 격리를 받아들이지 않았다. 증세가 전혀 없는 자신이 남을 감염시킬 리가 없다며, 자신이 일한 럭셔리 가정마다 감염자가 나온 건 우연이라고 주장했다. 〈뉴욕 타임즈〉에서 이를 보도했을 때도 많은 사람이 '증세가 없는데 남을 감염시킨다는 게 가능한가?'라며 의문을 제기했다. 게다가 무증상 보균자가 강제 격리된 첫 사례라 인권 문제까지 제기되었다. 메리 역시 연방 법원에 자신의 사건을 호소했다.

이렇게 힘겨운 싸움을 이어가며 3년 가까이 강제 격리되었던 메리는 두 번 다시 요리사로 일하지 않을 것이며 보건당국에 한 달에 세 번씩 근황을 보고하기로 서명한 후 풀려났다. 요리에 능숙한 메리에게 세탁부 같은 일은 성격에 맞지도 않고 급여까지 적어서 영성에 차지 않았다. 상황이 이렇다 보니 보건당국과의 약속 따위는 개나 줘버릴 수밖에 없었다. 몇 년 전 언론에 '메리 맬런=장티푸스 메리'라며 대문짝만하게 자신이 보도되었기 때문에, 메리는 맬런에서 메리 브라운으로 이름을 바꾸었지만 럭셔리 저택에 사는 부잣집에는 취업할 수가 없었다. 이름을 바꾸며 호텔, 식당 등에서 단기간 일을 했고, 당연하게도 메리가 일한 곳마다 장티푸스 집단 발병이 이어졌다. 소퍼 박사와 보건당국이 메리를 찾아 나섰지만, 위낙 직장을 자주 옮겼던 탓에 찾을 수가 없었다.

1915년, 메리는 산부인과 병원 식당에 취직했다. 담낭에 살모넬라균이 우글거리는 사람, 그것도 화장실을 다녀와서 손을 씻지 않고 요리하는 위생개념이 전무한, 아니, 마이너스인 사람에게 병원 식당은 선택할 수 있는 최악의 직장이었다. 놀랍지 않게 의사, 간호사, 직원, 환자 등 25명이 집단으로 장티푸스에 걸렸고, 두 명의 사망자가 발생했다. 몇 년 전 신문을 도배했던 '장티푸스 메리' 사건을 기억하고 있던 한 직원이 메리를 의심하자 메리는 도주했고, 신고를 받은 소퍼 박사와 보건당국에서 지인의 집에 숨어 있던 메리를 다시 체포했다. 공식적으로 메리 때문에 장티푸스로 사망한 사람은 3명이지만, 당국에서는 확인되지 않은 감염자와 사망자가 훨씬 많을 것으로 추정했다.

TYPHOID
CARRIER

← ANY FOOD
NOT COOKED
AFTER PREP-
ARATION

IN THIS MANNER THE FAMOUS
"TYPHOID MARY" INFECTED
FAMILY AFTER FAMILY

✳ 메리 맬런 사건 이후 장티푸스 보균자의 위   ✳ 메리 튜더
험성을 알리기 위해 제작된 포스터

1938년 69세로 세상을 떠날 때까지 메리는 격리되어 수용소에서 살았다. 격리 수감되기 전, 수감 중에 담낭 제거 수술을 받으면 자유를 찾을 수 있다는 제안을 받았지만 메리는 끝까지 쓸개 빠진 인간이 되기를 거부했다. 참고로 메리의 사인은 장티푸스가 아니라 얄궂게도 폐렴이었다.

악의가 없었지만 장티푸스를 퍼트려 사망자까지 낸 메리는 악당일까? 인권 문제를 논하는 이들은 그렇게 보지 않을 수 있는데, 마블 코믹스에서는 악당의 이름으로 사용했다.

블러디 메리(Bloody Marry)는 '지랄 맞은 메리'가 아니라 '피의 메리'로 번역된다.

블러디 메리의 본명인 메리 튜더(Mary Tudor)는 1500년대 잉글랜드 튜더 왕조의 두 번째 왕 헨리 8세의 딸이었다. 그러니까 공주다. 나중에 그녀는 영국 여왕이 되었는데, 5년간 통치하면서 백성들로부터 비인기가 하늘을 찔렀고, 국민 밉상이라 해도 될 정도의 비호감 그 자체였다.

사실 메리는 아버지 헨리 8세가 어머니와 이혼하면서 고생을 정말 바가지로 했다. 헨리 8세의 외동딸이라 왕위 계승 1순위였는데, 새 왕비가 들어오고 딸을 낳으면서 공주에서 서녀, 즉 첩의 딸과 같은 신분으로 곤두박질쳤다. 새 왕비 역시 헨리 8세에게 이혼당하고, 세 번째 왕비가 들어오면서 실세 왕비에서 쫓겨난 왕비로 신분이 곤두박질쳤다. 헨리 8세는 6번 결혼하고 5번 이혼한, 흔치 않은 결혼과 이혼의 달인이었다. 결혼·이혼 횟수보다 더 놀라운 것은 6명의 부인 중 2명은 처형했고 3명은 쫓아냈다는 사실이다. 헨리 8세야말로 비호감의 원조 끝판왕이라 할 수 있다.

수많은 결혼을 통해 헨리 8세는 2남 2녀를 두었고, 사망 후 아들이 왕위를 이어받았지만 16세에 사망하면서 왕좌를 두고 왕가가 시끄러웠다. 메리의 이복동생인 어린 왕자가 죽기 전에 큰 누나인 메리가 왕이 되지 않도록 엉뚱한 사람을 후계자로 지목한 탓이다. 헨리 8세가 첫째 정치·경제적으로 교황의 눈치를 보지 않고, 둘째 이혼을 금지하는 가톨릭과 인연을 끊기 위해 영국 성공회를 만들어 국가 종교로 삼은 게 이 모든 사달의 원인이었다. 시간이 흘러 메리를 제외한 대부분의 왕족, 귀족, 많은 백성이 성공회 교인인 상태에서 메리가 여왕이 되면 영국이 다시 가톨릭 국가가 될 게 뻔하기 때문에 어린 왕은 죽어가는 와중에도 이를 막고 싶었던 듯하다. 시퍼렇게 살아 있는 헨리 8세의 자녀가 왕이 되는 게 당연하다 생각한 사람들의 도움으로 결국 메리는 여왕이 되었다. 그리고 예상대로 메리는 성공회를 탄압했다. 헨리 8세 역시 가톨릭에서 성공회로 국가 종교를 바꿀 때 가톨릭을 심하게 탄압했는데, 독실한 가톨릭교도인 메리 역시 탄압을 받았다. 아마도 메리는 아버지에게서 보고 배운 대로 하지 않았나 싶다. 하지만 이미 성공회가 널리 자리 잡은 영국에서 성공회를 탄압하고 가톨릭으로 돌아가겠다는 메리의 종교개혁은 그야말로 전 국민의 대대적인 반대에 부딪혔다.

"그깟 백성들의 반대 따위는 아랑곳하지 않겠어!"라고 불굴의 의지를 활활 불태우던 메리는 성공회 성직자들과 개신교 신자들을 체포하고 처형시켰는데, 그 수가 3명도, 30명도 아닌 무려 300명! 덕분에 메리는 '피의 메리'라는 별명—'지랄 맞은 메리'와 비교해 조금도 덜 굴욕적이지 않은 끔찍한 별명—을 얻게 되었다. 얼마나 인기가 없는 비호감이었느냐 하면, 5년간의 통치를 끝내고 난소암으로 메리가 사망하자 수많은 백성이 환호했고 메리가 사망한 11월 17일을 압제 폭군 정치에서 해방된 축제일로 정해 200년간 기념했을 정도다.

탄압과 압제의 피해자인 동시에 가해자인 메리는 악당일까? 역사의 평가는 다양할 수 있지만, 최소한 당시 영국인들과 마블 코믹스에서는 악당으로 보았다. 사이오닉 파워의 강도가 타이포이드 메리일 때보다 블러디 메리일 때 더 강하다는 것만 봐도 그렇다.

'블러디 메리' 하면 칵테일을 떠올리는 사람도 있을 것이다. 어쩌다 비운, 비인기, 비호감 3非 여왕의 별명이 인기 있는 유명 칵테일의 이름이 되었을까? 대다수 사람은 칵테일의 빨간 색깔 때문이라 생각할 것이다. 실제로 블러디 메리는 피가 연상되는 칵테일이다. 토마토 주스와 보드카가 주재료인 터라 색깔은 시뻘겋고 마실 때의 느낌 역시 맹물과 달리 점도가 있어서 질감도 피 느낌이며, 살짝 비릿한 맛이 느껴져 맛까지도 피비린내를 연상시키는 탓이다. 물론 전 세계적으로 해장 칵테일로 각광 받을 만큼 인기가 높은 것으로 보아 오로지 피 맛만 난다고 할 수는 없을 것이다.

참고로 psyche 관련해서 빼놓을 수 없는 이야기가 있다. 바로 그리스 신화에 나오는 에로스(사랑의 신)의 연인 프시케이다. 아름답고 신비로운 에로스와 프시케의 사랑 이야기를 싼 티가 줄줄 흐르게

설명해보자면, 프시케는 호기심이 과도해서 에로스와의 사랑이 깨진 뒤 송장인지 기절한 사람인지 경계가 모호한 깊은 잠에 빠진다. 에로스가 제우스에게 깨워달라고 통사정해서 잠에서 깨어난 프시케는 불멸의 여신이 된다.

사전에 psyche를 검색하면 '마음, 정신, 심령'이라고 나오고, 또 '프시케, 큐피드가 사랑한 미소녀'라고도 나온다. 그리스 신화와 로마 신화 등 신화에 따라 아모르, 큐피트, 에로스 등 이름은 다르지만 죄다 사랑의 신을 가리킨다.

여기서 궁금한 점, 왜 psyche 발음이 '사이크' 또는 '사이키'가 아
닌 생뚱맞게 '프시케'일까? 아마도 다들 예상했겠지만, 원래 영어로
ps가 앞글자이면 원칙적으로 p가 묵음이지만 종종 psi를 '프사이,
프시'로 발음을 적듯이 psy를 '프시'로, chemical, school 단어에서처
럼 ch를 우리말 'ㅋ' 발음으로 적으면 psyche는 프시케가 되니까 그
다지 생뚱맞다고 할 수도 없다.

spendthrift

이 단어는 spend(돈을 쓰다/시간을 쓰다 spend money/spend time) 와 thrift(절약, 검소) 두 단어가 합쳐진 형상이다. 하나의 단어인 **spendthrift**는 명사로 쓰일 때는 '돈을 헤프게 쓰는 사람'이라는 의미로, 형용사로 쓸 때는 '돈을 헤프게 쓰는'이라는 뜻으로 사용된다. 의외의 단어 조합이고, 의외의 의미다. **bittersweet**는 우리말로도 '달콤 씁쓸한'으로 번역되는데 실제 맛이 달기도 하고 동시에 쓰기도 한 경우, 또는 무언가가 좋으면서도 싫은, 기쁘면서 동시에 괴롭기도 한, 이런 뜻으로 각 단어의 의미가 살아 있다. 그런데 아예 두 단어의 의미가 다 제대로 살지 않거나 엉뚱한 새로운 의미로 거듭나는 단어들도 있다.

＊ eggplant: egg(달걀)+plant(식물) → 가지
＊ kidnap: kid(아이)+nap(낮잠) → 유괴하다
＊ hogwash: hog(돼지)+wash(씻다) → 시시한 것(말, 의견), 말도 안 되는 것

그런데 spendthrift는 위에서 예로 든 경우들과 다르다. '돈을 쓰다, 소비하다'는 의미와 '절약'이라는 두 의미가 합체했는데, 정작 의미는 '돈을 헤프게 쓴다'이지 않은가? thrift의 의미가 전혀 반영되지 않았다. thrift 입장에서는 자신의 존재감이 제로라는 사실에 '내가 이러려고 얘랑 합체했나?' 하면서 자괴감에 시달릴지도 모른다. 사실 spendthrift 같은 단어는 암기할 때도 좋지 않은 게, 두 단어의

개별적인 의미로 뜻을 유추하기가 어렵거나 더 헷갈리기 때문이다. thrift를 보고 '검소'와 관련이 있으리라 추측하면 문장을 정반대로 해석할 수 있다. 고맙게도 그리고 다행히도 시험에 나오지 않을 것 같은 단어이다.

아무튼 spendthrift는 '돈을 헤프게 씀'이라는 명사가 아니라 '돈을 헤프게 쓰는 사람'이라는 의미다. spendthrift 하면 생각나는 사람이 있다. 헤픈 정도가 아니라 제정신으로 돈을 썼다고 할 수 없을 지경으로 물 쓰듯 막 써댄 사람이라면……. 많은 이들의 머릿속에 대번 떠오르는 인물이 필리핀이라는 한 나라의 재정을 파탄시킨 사치 대마왕 이멜다 마르코스(Imelda Marcos) 여사일 것이다. 오전에 100만 달러, 오후에 200만 달러어치 쇼핑을 했다거나, 뉴욕 쇼핑 때 40여 명의 수행원이 들고 다닌 가방만 300개 이상이었다는 이야기가 있을 정도이다. 그뿐인가. 당시 기준 필리핀 대졸 사원의 3년 치 연봉에 해당하는 금액을 하루에 쇼핑하는 건 일상이었다는 등 별의별 일화가 다 있다. 일반적인 spendthrift가 그렇듯 그녀 역시 금을 좋아해서 액세서리 외에 침대, 벽면 등 이해할 수 없는 것들까지 순금으로 제작해 사용했다. 세면대도 그 한 예로, 얼굴과 손의 더러움을 씻을 때 사용하는 세면대가 순금이라니 그보다 더 비실용적일 수는 없을 것이다. 하지만 자신의 황금 동상의 비실용성과 비교할 때 그나마 황금 세면대는 덜 비실용적이라고 할 수도 있다.

그녀의 전설적인 사치 행각의 대표 물품은 신발이다. 그녀의 전

기 영화에도 8년간 매일 구두를 갈아
신는 모습이 나온다. 하루도 같은 구
두를 신은 적이 없다고 하니, '도대체
구두가 몇 켤레이기에?' 하는 궁금증
에 앞서 그게 가능하다는 사실이 더
놀랍기만 하다. 국가 경제를 홀랑 말
아먹고 하와이로 쫓겨난 후 대통령
궁 지하에서 발견된 사치품은 사치로
는 남부럽지 않다고 자부하는 웬만한
spendthrift들이 봐도 상상 초월이라

✳ 이멜다가 착용했던 4천2백 켤
레의 구두 중 하나(David
Stanley 사진)

할 만했다. 일단 명품 구두만 3천 켤레였다(명품이 아닌 물건 자체가
없으니까 그냥 '구두'라고 해도 될 것이다). 3천 켤레라면 구두 공장 또
는 구두 도소매업자의 창고에 쌓여 있는 구두보다 많다고 봐야 한
다. 사전적 의미 그대로 '셀 수 없이' 많은 고가의 보석류, 가방, 의
상, 심지어 수천 벌의 팬티까지 하나같이 상상 초월 그 이상인데,
이것들은 이멜다 여사가 쫓겨날 때 진짜 비싸고 소중한 것들을 챙
겨가고 뒤에 남겨진 것들이라고 한다. 기겁할 정도로 사치스런 행각
에 아연실색, 기절초풍, 황당무계 등등의 사자성어를 아는 대로 갖
다 붙여도 부족하다.

한 나라의 국가 재정을 파탄 낼 정도로 헤펐던 이멜다 여사의
씀씀이와 감히 비교될 수 있는, 강도 높은 씀씀이를 자랑하는 또

다른 spendthrift로 중앙아프리카의 초대 황제를 들 수 있다. 솔직히 황제가 돈 좀 막 쓴 게 대수는 아닐 것이다. 황제가 괜히 황제인가! 그 흔하디흔한 '왕'도 아니고 이름에서부터 귀티가 줄줄 흐르고 돈 냄새가 솔솔 풍기는 '황제'인데, 황제라면 spendthrift가 되는 건 당연한 거 아닌가! 내 주머니에서 빼 간 돈이 아니라면 상관없다며 이렇게 생각할 수도 있는데, 황제라고 많이 봐주고 또 봐줘도 이분 역시 이해 불가 수준이다. 좋게 말해도 또라이 이상으로는 표현해 줄 수가 없다.

이분은 중앙아프리카가 프랑스 식민지였던 시절 마을의 촌장 아들로 태어나 6살 때 부모를 여의고 고아가 되었다. 나이가 들어 프랑스 군인이 되어 무공훈장을 열 개 넘게 싹쓸이하며, 아프리카 인이 프랑스군에서 오를 수 있는 가장 높은 계급인 육군 대위로 전역했다. 중앙아프리카로 돌아와 보니 사촌 형이 독립한 중앙아프리카의 1대 대통령이지 않은가. 그 덕분에 그는 군대를 맡아 지휘했다. 하지만 이 정도로 만족할 수 없었던 그는 프랑스와의 긴밀한 관계를 등에 업고 자신을 따르는 군대를 모아 쿠데타로 사촌 형을 내쫓고 2대 대통령이 되었다.

대통령을 해보니 꽤 좋았던 모양이다. 그는 1972년 (당연히) 부정선거로 종신 대통령이 되었다. 부정선거를 너끈히 치를 정도라면 대통령이 누려야 할, 더 나아가 누리지 말아야 할 특권까지 과도하게 누렸을 텐데, 그래도 왠지 2% 부족했던 모양이다. 그래서 1974년

에 국가 원수로 등극했다. 그런데도 여전히 2% 부족한 느낌이었을까, 도무지 채워지지 않는 그놈의 2%를 채우기 위해 1976년 자신이 수장인 정부와 의회를 해산하고 중앙아프리카공화국(Central African Republic)을 중앙아프리카제국(Central African Empire)으로 바꾸었다. 대통령이니 원수니 이딴 후지고 같잖은 직함은 성에 차지 않았던 그는 스스로 황제에 올랐다. 이 황제가 문제의 '그분' 보카사 1세로 본명은 장 베델 보카사(Jean-Bédel Bokassa, 1921~1996)이다.

　　나폴레옹을 숭배했던 보카사는 나폴레옹처럼 황제가 되기로 마음먹었다고 한다. 1970년대 훨씬 이전부터 다른 나라들은 왕국,

제국 이런 것을 앞다투어 때려치우고 있었는데 세계적인 대세이자 흐름이었던 대통령제 공화국을 도리어 때려치우고 그는 해묵은 제국으로 회귀했다. 사전에 '혁신'은 '묵은 풍속, 관습, 조직, 방법 등을 완전히 바꾸어서 새롭게 함'이라고 나오는데, 대통령제 공화국이라는 이전 제도를 완전히 바꾸어 (조금도 새롭지 않지만) 아무튼 이전과는 다른 제도로 새롭게 한다는 의미에서, 그는 시대의 흐름을 거스른 혁신가라고 할 수 있다. 물론 이는 실제 '혁신가'와 '혁신가라는 표현'에 대단한 모욕으로 보일 여지가 있는데, 오직 보카사가 보인 터무니없는 작태를 비아냥거리기 위해 반어적으로 사용한 표현임을 이해해주기 바란다.

보카사 1세는 2대 대통령, 1대 종신 대통령, 1대 국가 원수 외에 중앙아프리카의 첫 황제, 마지막 황제, 아프리카 역사상 최악의 독재자 등 보유한 타이틀이 과도하게 많다. 첫 황제가 얼마나 끔찍했는지 그가 쫓겨난 후 두 번 다시 황제의 '황' 자도 나오지 못하도록 중앙아프리카는 서둘러 공화국으로 돌아갔다. 덕분에 그는 첫 황제이자 마지막 황제라는 두 개의 타이틀을 동시에 거머쥐게 되었다. 그리고 우간다의 전 대통령 이디 아민(Idi Amin, 1928~2003), 콩고민주공화국의 전 대통령 모부투 세세 세코(Mobutu Sese Seko, 1930~1997)와 함께 아프리카 역사상 최악의 독재자 3인으로, 다수결이 아닌 만장일치로 인정받는 쉽지 않은 과업도 이루어냈다.

보카사 1세(사실 뒤이어 제국, 황제 모두 폐지되어 보카사 2세, 3세

⚹ 이디 아민을 표현한 캐리커처 (1977년)　　⚹ 와인버거 미 국방부 장관을 접견 중인 모부
　　　　　　　　　　　　　　　　　　　　　　　투 대통령(1983년)

같은 게 없으므로 보카사 몇 세인지 헷갈리지도, 궁금하지도 않은데 군이
1세라는 표현을 붙여야 하나 싶다. 이후 그냥 '보카사'라고 하겠다)는 두
가지 점에서 가장 유명세를 떨쳤다(또는 악명 높다). 첫째 spendthrift
라는 표현만으로는 그 과도함을 다 표현하기에 98% 부족하다 할
정도로 (이멜다와 견주어도 될 수준의) 헤픈 씀씀이, 둘째는 대량 학
살이다. 놀랍게도 이 '대량 학살'을 설명할 때 '인육'과 '어린이'라는,
절대 한 문장에 함께 쓰여서는 안 되는, 표현들이 등장한다.

　　보카사가 돈 좀 쓴다는 웬만한 부자들도 혀를 내두를 정도로
돈을 막 쓴 건 자신의 황제 대관식이었다. 1977년 제국 선포 1주년

대관식 사진을 보면 블링블링 휘황찬란(빛날 휘輝, 빛날 황煌, 빛날 찬燦, 빛날 란爛) 그 자체인데, 그는 이 대관식에 시원하게 2,200만 달러를 질렀다. 황제에게 2,200만 달러면 껌값 아닌가 생각할 수도 있지만, 2023년 기준으로 환산하면 1억 860만 달러, 우리 돈으로 1,400억 원이 넘는다(매체에 따라 대관식 비용을 2천억 원 이상으로 보기도 한다). 그래도 명색이 황제 대관식인데 그 정도 쓸 수 있지 않나 생각할 수도 있지만, 당시 중앙아프리카제국의 국가 예산의 1/3에 해당하는 금액이고, 1년 총수출액의 1/4, 1977년 기준 중앙아프리카제국 GDP의 약 18%에 해당한다. 심지어 프랑스가 중앙아프리카제국의 개발을 위해 지원해준 원조금까지 (일부가 아니라) 전액 다 대관식에 쏟아부었다. 감히 이멜다 여사와 어깨를 나란히 했다 할 정도인데, 이 정도면 경제개념이 없는 spendthrift의 철없는 객기가 아닌 광기로 봐야 한다.

왜 이렇게 대관식에 돈을 쏟아부었느냐 하면, 자신이 숭배하던 나폴레옹의 대관식과 똑같이 하고 싶었기 때문이다. 애도 아닌 성인이, 한 나라를 다스리는 황제가, 나폴레옹을 따라 하고 싶다면서 국가 예산의 1/3을 쏟아부은 것이다. 다들 보카사의 호사스러움이 비정상임을 눈치챘던 것일까? 대관식에 수천 명의 해외 국빈을 초대했지만, 외국 군주나 국가원수는 아무도 오지 않았다. 대부분 주재 대사를 특사로 참석시키는 선에서 그쳤다. 보카사는 같은 황제 레벨인 일본과 이란의 황제를 초청하려고 애를 많이 썼지만, 지혜롭게도 이들은 참석하지 않았다. 보카사도 황제, 나도 황제, 이런 식으로 싸잡아 같은 급이 되는 굴욕을 피하고자 했던 게 분명하다. 우리나라도 당시 통일원 장관이 특사로 참가했는데 이분을 포함하여 참가자들 모두가 아프리카의 혹독한 더위에 죽을 맛이었다고 한다. 대관식 다음 날 황금마차 행진에 동원된 멋지고도 귀한 수입산 백마들이 행진 후 폭염에 사망했다는 이야기도 있다. 그 호화로움이 가히 엽기 수준인 이 대관식 때 그는 스스로를 '존엄한 보카사 1세 황제 폐하, 평화의 사도, 예수 그리스도의 종, 황제, 그리고 중앙아프리카의 원수(His Imperial Majesty Bokassa the First, Apostle of Peace and Servant of Jesus Christ, Emperor and Marshal of Central Africa)'라고 표현했다. 대관식을 위해 국고에서 가져다 쓴 어마무시한 금액을 감안할 때, 이 정도 길고도 긴 수식어는 귀엽게 봐줄 수도 있겠다. '평화의 사도'라는 문구를 특히 눈여겨봐야 하는 게 보카사를 유명하게 만든 두 번째 내용과 밀접한 관련이 있기 때문이다.

두 번째로 보카사를 유명하게 만든 건 (그리고 이멜다 여사의 쇼핑 광기와 확연히 차별화되는 보카사만의 광기는) 대량 학살이다. 영어로 massacre라고 하는데, 참고로 마블 스파이더맨의 악당 중 시뻘건 비주얼이 흉악하기 그지없는 카니지(carnage)도 대량 학살이라는 의미이다. 이 사건을 기술한 영어 기록은 "1979 Ngaragba Prison massacre" 또는 "Bangui Massacre"라고 나온다. Ngaragba Prison는 중앙아프리카의 수도 방기(Bangui, '방귀'로 발음을 적지 않은 게 흥미롭다)에 위치한 교도소 이름이다.

1979년에 일어났고, 교도소 수감자 한두 명이 아니라 최소 100명이 사망했으니까 명실공히 '대량 학살'이라 하겠다. 이 사건이 다른 대량 학살과 구분되는 점은 사망자 대부분이 어린 학생들이라는 사실이다. 십 대 학생들이 시위하다 수감되어 사망했는데, 시위를 한 이유가 초등학생에서 대학생까지 보카사가 직접 디자인한 비싼 교복을 사 입지 않으면 그 누구도 학교에 못 오게 하는 법을 만들었기 때문이다. 이 정도만 해도 자칭 '평화의 사도' 보카사의 광기에 이의를 제기할 사람은 없을 것이다.

그런데 여기서 보카사의 광기에 쐐기를 한 번 더 박는 디테일에 주목할 필요가 있다. 교복 상의 전면에 휘황찬란한 옷을 입은 보카사 부부가 인쇄되어 있다는 점, 그리고 이 교복을 독점 제조하고 판매하는 회사와 상점의 주인이 보카사 부부라는 점이다. 온갖 종류의 패션 테러에 익숙한 패션폴리스조차 교복에 혀를 내두를 만큼 저세상 수준의 촌스러움에 한 번 놀라고, 보카사 부부가 입은 옷이 인쇄된 사진인데도 눈이 멀 정도로 눈부시게 번쩍여서 두 번 놀라고, 심지어 대학생조차 이 교복을 반드시 입어야 학교에 다닐 수 있는데 그 값이 당시 노동자의 한 달 월급보다 비쌌다는 사실에 세 번 놀라게 된다.

1979년 1월, 패션 테러의 새로운 장을 연 이 교복의 강제 착용

법을 계기로 학생들 위주의 시위가 벌어졌고, 많은 십 대 학생들이 실탄에 맞거나 얻어맞아 사망했다. 같은 해 4월, 또 다른 학생들의 반제국 시위가 벌어져서 100여 명(혹은 그 이상)의 학생들이 교도소에 수감되었다. 이 정도만으로도 황제의 광기를 지나치리만큼 충분히 보여주었다고 여길 만한데, 무슨 일에서든 2% 부족함을 느끼는 평화의 사도 보카사는 이 교도소를 직접 찾아왔다. 그러고는 이미 수차례 얻어맞고 걷어차여 만신창이가 된 몇 학생들을 자신의 값비싼 상아 지팡이로 손수 두들겨 때려죽인 후, 간수들에게도 그렇게 하라고 명령했다. 이렇게 순수하게 몽둥이질에 의해 사망한 학생들이 최소 100명이었고(자료에 따라 수가 다른데, 최소 100명 이상이라는 건 동일하다), 쓰러져 죽은 척해서 살아남은 몇몇 학생들에 의해 천인공노할 이 대학살이 세상에 알려지게 되었다.

'대학살'이라는 것 자체가 '천인공노'보다 더 순화된 표현을 쓸 수 없는 것인데, 이 사건의 경우 피해자 다수가 어린이라 '천인공노'는 너무 순한 표현이라 맞지 않다는 느낌이다. 수감된 학생들 대부분이 12~18세였고, 심지어 6~8세도 있었다는 기록도 있다. 대학살 방식이 소위 '몽둥이찜질'이었음을 감안할 때 당연히 어릴수록 큰 피해를 당할 수밖에 없었고, 일부 기록에서는 사망한 학생들을 보카사가 기르던 악어나 사자에게 먹이로 주었다는 내용도 있다. 기절초풍이라는 표현은 이럴 때 쓰는가 싶은데, 그를 '인간의 탈을 쓴 악마'라고 하면 심지어 악마도 명예훼손이라며 극대노할지 모르겠다.

이 사실을 들은 국제사회가 중앙아프리카에 대한 원조를 일제히 끊고 경악스러운 대학살을 비난하자, 그는 진실이 조금도 섞이지 않은 순수한 거짓말로 변명하기에 바빴다. 이를테면 자신은 아이들에게 아버지이자 보호자 같은 존재이다, 누굴 죽인 적 없다, 시위 진압은 신하들이 자신의 허락 없이 과잉 진압한 것이다, 이런 식이었다. 결국 같은 해 프랑스가 특수부대를 동원해 (고맙게도) 보카사를 황제의 자리에서 끌어내렸고, 중앙아프리카는 제국을 버리고 공화국으로 돌아갔다. 보카사는 첫 황제인 동시에 (다행히도) 마지막 황제가 되었다.

'행실이 아주 못된 인간'이라는 뜻의 '인간 말종' 표현을 보카사에게 사용하기에는 너무 앙증맞다고 느껴지는 게, 관련 자료를 찾아보면 보카사가 '친히 찾아가 손수 때려죽이기'를 즐긴 게 확실하기 때문이다. '손수'는 '남의 힘을 빌리지 않고 제 손으로 직접'이라는 뜻인데, 토씨 하나 틀리지 않고 문자 그대로 정확히 그 의미이다.

1972년 그가 대통령이던 때 실제 있었던 일이다. 간이 붓다 못해 아예 배 밖으로 나온 도둑들이 보카사의 집에 들어가 고급진 벤츠의 타이어와 그의 침실에서 고급진 라디오를 훔쳤다(벤츠가 아니라 벤츠의 타이어만 뺐고, 침실까지 들어갈 정도면 집 안의 다른 귀중품이 많았을 텐데 라디오만 훔쳤다고 한다. 간이 부은 게 아니라 보기보다 소심했을지도 모르겠다). 얼마 후 도둑들은 체포되어 교도소에 갇혔다. 격노한 보카사는 친히 교도소를 찾아가 손수 몽둥이를 들고 도둑들을 때려죽였다(앞서 소개된 1979 Ngaragba 교도소 대학살 사건이 '친히 찾아가 손수 때려죽이기'의 첫 사례가 아니었던 것이다). 함께 얻어맞은 수감자 중 약 100명이 본보기로 광장에 전시되었는데, 일부는 이미 사망했고 일부는 부서진 두개골 밖으로 뇌가 나왔지만 생명이 붙어 있는 사람도 있었다. 이마저도 성이 안 찼는지 보카사는 이후 도둑질을 하다 잡히면 초범은 오른쪽 귀를 자르고 재범은 왼쪽 귀, 세 번째 걸리면 오른손, 네 번째 걸리면 왼손을 자르겠다고 공포했다. 당시 거리에서 귀가 잘린 사람들을 간혹 볼 수 있었다는 증언도 있다. 놀랍지 않게도 그는 이 법을 활용해서 자신을 반대하는 정적들에게 절도죄를 씌워 합법적으로 신체 일부를 잘라냈다.

보카사의 행태는 단순 살인자라고 하기에 98% 부족하다. 마음, 정신, 영혼이 완전히 고장 났다는 의견이 많은 것도 이 때문이다. 대통령이 되면서 그는 일부다처제, 여성의 결혼 지참금, 여성 할례 등 여성에게 불리한 악습을 법으로 금지했다. 여기까지 들으면 "잘한 점도 있긴 있네." 싶지만 더 들어보면 뜨억! 소리가 절로 나온다. 그런 법을 제정한 후, 당시 여성을 상대로 한 강간, 살해로 복역 중인 죄수들을 한 번에 죄다 처형했다. 나라 이름이 중앙아프리카제국으로 바뀐 후 중앙아프리카공화국이라고 말했다는 이유로 구속된 사례도 있었다. 별장에는 악어를 키우는 연못이 있는데, 자신을 반대하는 사람이나 죄수를 풀어 악어가 잡아먹게 했다.

그가 이런 악행만 일삼았느냐 하면 꼭 그렇지는 않았다. 기행도 일삼았다. 일부다처제 금지를 법제화했지만 정작 본인은 17명의 아내와 공식적으로 62명의 자녀(77명일 수도 있는데, 본인도 자식이 정확히 몇 명인지 모른다고 한다)를 두었다. 실업률을 낮추기 위해 직업이 없는 상태는 불법으로 규정했고, 어떻게 해서든 돈을 벌어야 하니 구걸이라도 하겠다며 거리로 나오는 걸 방지하고자 구걸 역시 불법으로 규정했다. 그의 기행은 국내에만 국한되지 않았다. 1970년 프랑스의 샤를 드골(Charles de Gaulle)이 사망하자 장례식에 참석한 보카사는 ('아버지'나 '아버님'이 아닌) '아빠!'를 목 놓아 외치며 "양아버지를 잃었다."라며 대성통곡을 해 가족들을 포함해 참석자 전원을 몹시 난감하게 만들었다고 한다(1966년 프랑스와의 정상회담에서 드골 장군을 만나 중앙아프리카 경제 개발을 위한 프랑스 자본을 유치한 바 있지만, '아빠'라고 부를 정도의 친밀하고 허물없는 사이도 아니었고, 양아버지라는 건 모두에게 금시초문, 황당무계였기 때문이다).

보카사의 기행 혹은 만행 혹은 악행 혹은 패악질의 정점은 단연 '인육 사건'이다. 그의 전속 요리사는 공식적으로 이를 부인했다. 그러나 측근 중 많은 사람이 보카사가 정적의 시신을 악어나 사자 같은 키우던 동물에게 먹이로 주었을 뿐 아니라 인육을 요리해서 다른 사람(외국 대사들)에게 먹였다고 주장했다. 한 요리사는 자신이 인육을 요리한 적은 없지만 냉장고에서 인간의 신체 일부를 본 적이 있으며, 인육은 왕궁 내에서 공공연한 비밀이라고 했다. 실제로 제국이 무너진 후 왕궁 냉장고에서 두 구의 시신이 발견되었고, 악어를 키우던 연못에서 약 30명의 유골이 발견되었다.

이 정도라면 '심신미약'이 아니라 '심신불량' 혹은 '심신박살'을 주장하며 사회에서의 영구 격리가 필요하다고 검사와 변호인 양측이 한마음 한뜻으로 호소해도 시원치 않을 것이다. 1980년 중앙아프리카공화국의 법원은 국가재산 절도, 고문, 아동 학살 등으로 사형을 선고했고, 식인 혐의는 증거 불충분으로 기각되었다. 1983년 프랑스로 망명해 가택연금 상태로 살다가 프랑스 내의 비판으로 추방되어 고국 중앙아프리카의 교도소에 수감되었다. 이후 대통령이 무기징역으로, 다시 20년으로 감형해주었고, 결국 특별 사면되어 가택 연금되어 살다가 75세에 심장마비로 사망했다.

보카사가 대통령으로 10년, 황제로 3년 통치하는 동안 놀랍지 않게도 가난했던 나라 살림은 무일푼 알거지 수준으로 몰락했다. 둘 다 한 나라의 경제를 파탄지경으로 내몰았지만, 단순한 spendthrift인 이멜다 여사는 겨우 '사치'의 아이콘에 머무른 반면, 보카사는 '사치+패륜+패악' 세 분야의 아이콘으로 세계 역사에 우뚝 서게 되었다.

참고로 '식인'이라는 표현이 나온 김에 개인적으로 헷갈렸던 영어 단어를 소개하고자 한다.

※ cannibal: 인육을 먹는 사람

＊ cannibalism: 인육을 먹는 풍습

＊ carnival: 카니발, 축제(기아 자동차의 카니발이 이 carnival이다. 무식이 하늘을 찌르던 시절, 자동차 이름이 너무 식겁한 거 아닌가 진심으로 기아 자동차의 미래를 걱정했던 기억이 난다.)

＊ Hannibal: 남자 이름, 미국 미조리주의 도시 이름(리들리 스콧 감독, 안소니 홉킨스 주연의 범죄스릴러 영화 제목이기도 한데, 극중 주인공 이름이 한니발 렉터이다. 안소니 홉킨스가 〈양들의 침묵〉과 〈한니발〉 등 '한니발 시리즈'의 주인공을 맡았는데 한니발 렉터는 영화에서 인육을 먹는 정신과 의사로 나온다. 신기하게도 영화를 보지도 않았는데, Hannibal과 cannibal을 헷갈린 나의 뇌 품질에 나도 놀랐다.)

spendthrift

party pooper

party는 파티, 잔치라는 뜻이고, pooper는 'poop 하는 사람'이라는 뜻이다. poop은 비웃거나 기가 찰 때 입에서 새어 나오는 소리 '풉'이 아니고, 동사 '대변을 보다'이다. 전 세계 어린이들의 친구이지만 바지를 입지 않아서 폴란드에서 퇴출 위기를 겪은 적이 있고, 중국에서는 유명 정치인과 비슷하다는 이유로 인터넷 검색어 검열 대상인 위니더푸(Winnie the Pooh)의 pooh는 (만화에서는 곰돌이의 이름이지만) 동사가 아닌 명사로 '응가'이다(그러니까 곰돌이의 이름은 영어 발음으로 '푸우', 우리말 의미로 '응가'인 셈이다). 실제 영어권 국가에서 쓰이는 대변의 아이들 식 표현이다. pooh와 발음이 같은 poo 역시 '응가'로 번역될 수 있다. 그렇다면 "poop(대변을 보다)+-er(~하는 사람)'이니까 pooper는 '대변을 보는 사람'이라고 할 수 있다.

다들 원하지 않을 수도 있지만, 그래도 혹시 궁금한 사람이 있을 수도 있으므로 poo(명사)/pooh(명사)/poop(명사, 동사) 외에 이 표현의 동의어와 유의어를 소개해보겠다(우리 모두를 위해 의미는 생략한다).

<명사>

* excrement, feces, shit, number two, dung(사람, 동물): dung은 우리말과 발음이 유사하다.
* manure: 큰 동물, 비료
* dropping: 동물, 특히 새(새는 날면서 볼일을 보므로 아래로 떨어지기 때문)

<동사>

* shit, defecate, excrete, discharge

다들 원하지 않을 수도 있지만, 그래도 살짝 재미난 표현은 약간의 설명이 필요하므로 덧붙이자면, 우리말로도 큰 거, 작은 거 하듯이 영어에서도 1번은 작은 거, 2번은 큰 거를 의미한다.

* do a number one: 소변을 보다
* do a number two: 대변을 보다(a를 쓸 수도 있고 안 쓸 수도 있다.)

볼일을 볼 때 몸과 마음의 상태를 재미지게 표현해 더러운 이미지를 최소화한 센스 만점 표현들도 많다.

※ have a bowel movement: 창자 움직임이 있다

※ evacuate the bowels: 창자를 비우다(bowels 복수)

※ respond to the call of nature: 본능의 부름에 응답하다

※ relieve oneself: 자기 몸을 후련하게 하다(relieve 고통/불쾌감을 덜다, 후련하게 하다)

　그럼 다시 본론인 party pooper로 돌아가보자. 즐거워야 할 파티에서 난데없이 볼일을 보는 경악할 방식으로 파티의 흥을 깨는 사람을 party pooper라고 한다. 물론 실제 볼일을 본 건 아니지만 어떤 식으로든 흥이나 재미를 깨는 사람은 죄다 party pooper다. 같은 의미로 wet blanket=wet(젖은)+blanket(담요)이 있다. 불이 났을 때 젖은 담요를 덮으면 불이 꺼지듯 재미와 흥이라는 열기가 활활 타오르는데 젖은 담요를 덮어 열기를 꺼버리는 갑분싸 유발자를 wet blanket 이라고 한다. 우리말 '찬물을 끼얹었다'와 아주 흡사한 어감이다.

　중간·기말·수능·편입·취업 등 각종 시험에서 나올 법도 하고 나오지 않을 법도 한 표현인데, 개인적으로 시험 볼 때 만난 적은 없으나 나올 가능성이 없다고 절대 말할 수는 없고, 나온다 혹은 나오지 않는다 해도 그다지 놀라지 않을 그런 표현이다. 어쨌든 재미있는 표현으로 알아두어 손해를 볼 일은 없고, 기억하기도 수월하니 이참에 기억해두면 좋겠다.

사실 poo, pooh, poop보다 더 널리 알려진 표현은 shit이다. 명사와 동사로 다 쓰이고, 동물과 사람 모두에게 다 쓰일 뿐 아니라, 특히 속어, 욕으로 널리 알려지고 폭넓게 사용되어 점잖지 않게 말하는 사람들에게 나름 유용한 표현이다. 그냥 'Shit!' 한 단어를 감탄사처럼 쓰면 일반적으로 놀랐을 때, 좋지 않은 일을 당했을 때 '제기랄' 같은 어감의 표현이고, What the shit!은 '뭔 강아지와 같은 소리(짓)!' 이런 뜻이 된다(사실 본인은 사람보다 개가 더 예쁘기에 강아지가 들어간 욕설에 반감이 매우 크지만, 일반적으로 '개가 낳은 아기'가 욕설로 통용되므로 이에 따라 강아지라고 사용하였다). 형용사 shitty는 욕설 느낌의 은어로 '똥 같은' 딱 그런 의미이다(shitty situation: 아주 곤란한 상황, have a shitty day: 강아지와 같은 하루를 보내다, shitty friend: 뭣 같은 나쁜 친구).

개인적으로 shit 단어를 보면 값비싼 예술 작품이 떠오른다. What the shit! 이런 반응이 나올 수 있는데, 농담이 아니고 실제 shit을 활용한 값비싼 예술 작품이 있다. 처음 이 사실을 접하고 나름 충격을 받아서 정말로 shit 단어를 보면 두 작품이 생각난다. '혹시 마르셀 뒤샹의 〈샘(Fountain)〉이 아닌가?'라고 생각한 분이 있을지 모르겠는데, 이제 소개할 예술 작품은 〈샘〉과는 차원이 달라도 많이 다르다. 작품 실물(사진)을 보면 변기인데 작품 제목이 〈샘〉이라서, 작가의 심오한 의도는 알 수 없지만 센스가 작렬하는 제목이 아주 신선하고 신박하며, 쌈박하고 깔쌈하다 생각했던 기억이 난다. 하지만 다

😊 예술가의 똥(1961)

음 두 작품은 '기억이 난다'가 아니라 '충격을 받았다'라는 표현을 써야 한다.

'shit과 관련이 있다는 뜻이겠지, 설마 shit을 사용한 작품이겠어' 하신 분들, 놀라지 마시라. 첫 번째 작품은 캔에 담긴 shit이다. 아무 데서나 구한 (그러니까 일반인이 싸지른) shit이 아니고 이 작품을 만든 예술가의 shit이다. 또 이 작품의 제목은 〈샘〉과는 달리 신박, 쌈박 이런 거 전혀 없고, 전혀 난해하지도 않고, 대단히 솔직담백하고, 그저 직설적이기만 한 '예술가의 똥 Artist's Shit'이다. 이탈리아 출신의 전위 예술가 피에로 만초니(Piero Manzoni)의 1961년 작품으로, 고맙고 다행스럽게도 캔은 단단히 밀봉되어 있다. 캔 위 뚜껑 부분에 피에로 만초니의 서명이 있고, 당시 총 90개의 캔을 제작해서 캔마다 일련번호가 매겨져 있다. 라벨의 상품 설명은 이탈리아어, 영어, 프랑스어, 독일어로 되어 있다.

캔 옆 부분에 붙은 라벨을 보자.

Artist's Shit 예술가의 똥

party pooper

Contents 30 gr net 내용물 정량 30그람

Freshly preserved 신선하게 보존됨

Produced and tinned 캔에 넣어 생산됨

 in May 1961 1961년 5월에

"설마가 사람 잡는다."라는 말은 동서고금을 막론하고 적용되는가 보다. 믿기 힘들지만 실제로 예술가 자신의 shit을 캔에 넣은 작품이 판매용으로 90개가 제작되었다. 하지만 만초니는 생전에 이 작품을 팔지는 않았고, 친구나 지인들에게 주었는데 1961년 당시 금 30그램에 해당하는 37달러를 값으로 책정하긴 했다. 2년 뒤 만초니가 사망하자 이 작품이 활발히 거래되었고, 예술을 모르는 문외한에게는 당황스럽게도 값이 치솟았다. (What the shit!) 총 90개가 제작되었는데, 유가족이 소유한 일부를 제외하고 나머지는 전 세계에 팔려나갔다. 현재도 뉴욕의 몇 미술관에 전시되고 있다.

그럼, 값이 치솟았다는 게 어느 정도였느냐. 뒷목을 잡지 않도록 주의하며 읽기 바란다. 2007년, 2008년 예술품 경매에서 2023년 기준 우리 돈으로 약 1억 7천~2억 사이의 값으로 거래되었다. 이 정도만으로도 What the shit!이 절로 나오는데, 몇 년 지나니 가격이 더 치솟았다. 2016년 밀라노 경매에서는 약 30만 달러(2023년 기준 약 3억 8천만 원)가 넘는 가격으로 신기록을 경신한 것이다. 이러니 극심

한 충격으로 shit 단어를 보면 값비싼 예술 작품이 떠오를 수밖에.

실제 만초니의 shit이 들어 있을까? 그의 친구는 회반죽을 넣은 캔이라고 주장했는데, 캔 재질이 철이라서 엑스레이나 스캔으로는 내용물을 알 수 없고 캔 입구를 따버리면 예술품의 가치가 없어지기 때문에 이 작품 안에 실제 무엇이 들어 있는지는 알 수 없다. 그래도 호기심이 풍부한 부자가 한 번 따볼 만도 한데, 실제 1989년 스페인의 한 갤러리에서 궁금하지만 값비싼 예술품을 망칠 정도의 부자는 아닌 사람들, 돈 따위는 전혀 문제 되지 않는 부자이지만 실제 shit이 들어 있을 경우 난감한 뒤처리 때문에 궁금증을 해소할 엄두가 나지 않는 사람들을 위해 '만초니의 열린 캔'이라는 행사를 열어 캔을 개봉했다. 딱 따 보았더니, 캔 속에 솜으로 싼 또 다른 작은 캔이 더 나왔다고 한다. 주최 측은 고심 끝에 이 작은 캔은 개봉하지 않기로 했고, 캔에 무엇이 들어 있는지는 지금까지도 여전히 미스터리로 남게 되었다.

확실하게 확인된 사실은 shit이라고 다 같은 shit이 아니라는 점이다. shit이 누구에게서 나왔느냐에 따라(그래봐야 shit인데도) shit의 가치는 하늘과 땅만큼의 차이가 난다. What the shit!

자신의 shit을 비싼 값의 예술품으로 승화시킨 예술가가 또 있다. 베이징에서 태어났고 캐나다 국적으로 캐나다와 미국에서 활동하는 예술가 테렌스 코(Terence Koh)가 그 주인공이다. 미디어, 드로

잉, 조각, 퍼포먼스 등 다양한 분야에서 asianpunkboy라는 가명으로 활동하고 있다. 2017년 현대자동차와 콜라보를 진행한 적이 있는데, 현대자동차에서는 그를 '뉴욕에서 가장 파격적인 시각 예술 작가'로 소개했다.

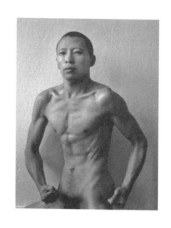

그의 난해하기 짝이 없는 작품을 다 소개할 수는 없고, shit과 직접적으로 관련된 작품을 하나 보자. 그는

* 테렌스 코

2007년에 황금(실제 순금) 접시에 자신의 shit을 담아 50만 달러에 판매한 적이 있다(50달러 아니고, 잘못 읽은 거 아니고, 50만 달러 맞다). 그의 경우 'Gold Plated Poop(황금 접시에 담긴 똥)'이라고 표현했는데, shit이 아닌 poop으로 표현했다고 해서 덜 더럽게 느껴지거나, 더 예술적으로 느껴지는 건 아닐 터다. 놀랍지 않게도 피에로 만초니의 영향을 받은 작품이라고 한다.

예술품 딜러에게 이 작품을 판매했는데, 딜러를 통해 누가 구매했는지 알려진 바 없지만 만초니의 작품보다 훨씬 더 비싼 값에 팔린 건 확실하다. 50만 달러면 약 6억 5천만 원에 해당한다. 만초니의 똥캔처럼 여러 개가 제작된 게 아닌 단일 작품이라 그럴 수도 있다.

아무튼 테렌스 코의 작품은 사진으로 남아 있지 않은데 솔직히 다행이라 생각하고, 굳이 찾아내서 어떻게 만들었나 보고 싶은 마음은 없다. 예상하기로는 투명 플라스틱이나 유리로 된 상자 안에 황금 접시가 있고, 접시 위에 예술가의 poop이 올려져 있고 상자를 매우 세심하고 꼼꼼하게, 물(냄새) 샐 틈 없이 단단히 밀봉하지 않았을까 싶다. 추측일 뿐이고 확인된 바는 없다. 이를 50만 달러나 주고 구매한 사람이 이를 어떻게 보관하고 관리하는지에 대해서도 역시 알려진 바 없다.

이 경우에도 확인된 사실은 shit이라고 다 같은 shit이 아니라는 점, shit이 누구에게서 나왔느냐에 따라(그래봐야 shit인데도) shit의 가치는 하늘과 땅만큼의 차이가 난다는 것이다. 누구 shit은 똥값이고 누구 shit은 집값이니 말이다. 물론 누구 shit은 예술이고 누구 shit은 배설물이니, 가치의 차이가 천지 차이라는 건 당연한 일이다. 무작정 나도 팔아보겠다고 덤비지 말고, 현실을 직시할 줄 아는 지혜가 필요하다.

현실을 직시할 줄 아는 지혜를 충분히 발휘하여 예술가의 값비싼 배설물이 아닌데도 배설물을 현금화한 예가 있다. 놀랍게도 선물 배송 서비스이다. 배설물과 선물이라니, 안 어울리는 혹은 어울려서는 안 되는 조합 같지만, 신박한 선물로 각광을 받는 중이라고 한다. 예상했겠지만 그 신박한 선물이 바로 배설물이다. 온라인으로 주문

하면 원하는 사람에게 익명으로 동물의 배설물을 보내주는 서비스다. '도대체 누구에게, 도대체 왜 동물의 배설물을, 도대체 왜 적지 않은 돈을 내고 선물로 보낸단 말인가!' 싶을 텐데, 이런 온라인 서비스가 한 군데가 아닌 여러 군데이다. 그중 한 곳에 들어가 보자.

The Original POOP SENDERS   원조 배설물 보내주는 곳

Always Fresh, Always Anonymous 언제나 신선하고,

언제나 익명입니다

The Ultimate Gag Gift   최고의 장난 선물

Sweet Revenge at its Finest   달콤한 복수로는 최고

Guaranteed Anonymous   익명 보장

단순히 재미있는 장난으로 보낼 수도 있고, 복수(revenge)라는 표현에서 알 수 있듯이 미운 사람을 골탕 먹이기 위해서 이걸 보낼 수도 있다. 멋진 포장 안에 동물의 배설물을 담아 선물인 양 보내주는, 내 손에 더러운 걸 묻히지 않고도 더러운 선물을 보낼 수 있는, 말하자면 고객의 편의를 최우선으로 고려한 서비스이다. 홈페이지에서 추천하는 수신 대상자가 나와 있는데, 일반적으로 공감할 만한, 배설물을 선물로 받게 해주고 싶은 그런 사람들이다. 모두의 예상처럼 첫 번째 대상은 헤어진 전 연인이다. 짜증 나게 하는 직장

상사, 자신에게 사기를 친 영업사원, 잘난 척, 있는 척, 멋진 척 등 온갖 척을 다 하는 밉상 친구 등이 뒤를 잇는데, 마음에 안 드는 사람이면 누구에게나 보낼 수 있고, 그저 장난으로 보내는 선물로도 최고라 소개하고 있다.

홈페이지에 의하면 동물 종류에 따라 가격이 다르다. 소똥(cow dung)은 17달러 95센트, 코끼리똥(elephant crap)은 18달러 95센트, 고릴라똥(gorilla poop)이 19달러 95센트이고, 이 모두를 한방에 파는 종합세트(combo pack)는 44달러 95센트이다. 값은 무게를 재는 단위에 따라, 즉 quart(쿼트) 혹은 gallon(갤런) 단위로 정해진다. 종합세트인 콤보에는 똥이 종류별로 다 들어간다. 동물 배설물에 돈을 쓸 만큼 돈이 남아돌거나 돈을 많이 써서라도 미운 사람을 된통 골려주고 싶은 사람은 무게별로 비용이 책정되기 때문에 돈만 내면 얼마든지 푸짐하게 보낼 수 있다.

이 사이트를 둘러보면서 동물에 따라 배설물도 다르게 표현된다는 걸 배웠고, 서비스를 이용하지는 않았지만 나름 유익한 시간이었다. 일반적으로 소의 똥은 dung, 코끼리의 똥은 crap, 고릴라의 똥은 poop이라고 한다(crap은 '쓰레기, 허튼 소리'라는 뜻인데, 쓰레기처럼 필요 없다는 의미로서 shit의 유의어로도 쓰인다. crap이 무례한 표현이라고 할 수는 없지만 dung, poop보다 일상적인 구어체 표현에 가깝다고 할 수 있다. 배설물과 관련된 표현 중 의학, 과학 등 기술적인 분야에서 쓰이는 표현이라면 feces를 들 수 있고, shit은 대중적인 표현이지만 속어/은어/욕설의 어감이 강해서 점잖은 상황에서는 사용하지 않는 편이다. 사람과 가장 친근하다고 할 수 있는 개의 똥은 **dog poop**으로 많이 쓰인다. 당연히 dog dung이 틀린 건 아니다).

참고로 party pooper처럼 생긴 표현 중 재미지고 유용한 표현 몇 가지를 더 소개해보겠다.

✯ **wedding crasher**: wedding(결혼식)+crasher(부수는 사람), 결혼식을 깽판 놓는 사람

✯ **dream catcher**: dream(꿈)+catcher(잡는 사람), 꿈을 좇는 사람

✯ **rainbow chaser**: rainbow(무지개)+chaser(좇는 사람), 공상가 혹은 몽상가

✯ **mind reader**: mind(마음, 정신)+reader(읽는 사람), 독심술사

    cf. palm(손바닥)+reader(읽는 사람): 손금 보는 사람

    face(얼굴)+reader(읽는 사람): 관상가

✯ **gold digger**: gold(금)+digger(캐는 사람), 돈 많고 명 짧은 남자를 후리는 젊은 여자, 꽃뱀

✯ **deal breaker**: deal(협상)+breaker(깨는 사람), 협상/계약이 깨질 정도로 극복할 수 없는 문제/요인

✯ **head scratcher**: head(머리)+scratcher(긁적이는 것/사람, 긁적이게 하는 것), 이해할 수 없어 머리를 긁적이게 하는 것

decapitate

de는 '없다, 아니다'라는 부정의 의미가 있고, capitate는 '두상, 머리 모양'(혼동 주의: capital은 수도, 자본, 사형의, 대문자)이란 의미이다. 합해서 decapitate는 '머리가 없어지게 하다', 즉 '참수하다'라는 의미이다. behead가 똑같은 의미의 동사로 '목을 베다, 참수하다'라는 뜻이다. 한 단어에 head와 cut off 두 가지 의미가 들어 있지만, 한자 덕분에 '참수(벨 참斬, 머리 수首)하다'는 한 단어로 번역이 가능하다.

이 단어는 ISIS의 만행을 다룬 기사나 지문이 아니라면 시험에서 나오지 않을 가능성이 높지만, 사고 관련 기사로 decapitate 단어를 만날 수는 있다. 2016년 미국 아이다호에서 교통사고로 아기가 internal decapitation 당했다는 기사에서 처음 이 단어를 만났다. 말 그대로 목 부분 피부 안에서 두개골과 척추가 분리되었는데, 다행히 둘을 연결하는 수술이 성공적으로 이루어졌다는 기사였다. 이 아기가 internal decapitation의 첫 사례도 아니고, 이후 흔하지는 않아도 사고로 이런 일이 생길 경우 수술과 재활치료로 도울 수 있다고 한다. 하지만 시험 빈출 단어라고 볼 수는 없다. 일단 단어의 의미가 끔찍해서 만행이든 사고든 이 단어가 나오는 글이나 지문은 끔찍할 수밖에 없기 때문이다.

철자가 좀 더 쉬워 보여서일까, behead는 decapitate보다는 만날 가능성이 조금 더 있다. 일단 어린이를 대상으로 한 월트디즈니의

〈알라딘〉 1992년 만화에도 이 단어가 등장한다. 마법사 자파가 재스민 공주에게 "공주님이 궁궐에서 도망쳤을 때 시장에서 만난 소년 알라딘은 처형되었다."라고 거짓말을 하는 부분이다.

Jafar: The boy's sentence has already been carried out.
소년의 형은 이미 집행되었습니다.

Jasmin: What sentence?
무슨 형이요?

Jafar: Death. By beheading.
사형이지요. 참수에 의해.

번역이 아주 shitty한데……. 아무튼 어린이 만화에 나온 표현이라면 behead는 그다지 어려운 단어는 아니라고 봐야 할 것 같은데, 이에 비해 decapitate는 영어를 외국어로 공부하는 한국인의 처지에서는 다소 어려운 단어라고 할 수 있겠다.

아마도 decapitate 하면 십중팔구 기요틴(guillotine)이라는 단어를 가장 먼저 떠올릴 것이다. 발음이 요상한 건 영어가 아니라 프랑스어이고, 프랑스인의 이름에서 따온 표현이기 때문이다. 우리말로는 '단두대(끊을 단斷, 머리 두頭, 단상 대臺)'이다. 미화나 순화는 고사하

원시 단두대 그림   현대에 다시 제작한 단두대

고 조금도 에둘러 표현하지 않고 살벌한 의미 그대로 담백하게 표현되어 있다. 단두대는 프랑스 혁명 당시 죄수의 목을 자르는 데 썼던 사형 기구인데, 1789년 의사 조제프 기요탱(Joseph Ignace Guillotin)의 제안으로 제작되었다. 기요틴은 공포정치의 상징으로 참수당할 죄수의 고통을 최소화하기 위해 고안되었다고 한다. 단두대라는 이름부터가 후덜덜 그 자체인데, '단두대에서 참수당했다'는 것을 '단두대의 이슬로 사라졌다.'로 종종 표현하는 걸 보면, 뭐랄까, 개인적으로 괴이해 보인다. 어울리지 않는 두 단어 '단두대'와 '이슬'을 한 문장에 써서 그럴 수도 있고, '단두대'가 들어간 문장은 아무리 용을 써도, 별의별 은유나 비유를 총동원해도, 끔찍하기 짝이 없는 그 의미와 이미지를 순화시킬 수 없기 때문일지도 모르겠다.

그래도 유명한 클리셰(cliche: 진부한 상투구)를 사용해보자면, 단두대의 이슬로 사라진 유명인 중, 오래전 어르신들이 종이 만화책을 즐겨 보던 시절의 인기 시리즈 〈베르사유의 장미〉 주인공 마리 앙투아네트(Marie Antoinette, 1755~1793)가 있다. 남편인 루이 16세와 함께 단두대의 이슬로 사라졌는데, 단두대의 공포가 어찌나 심했던지 당시 나이가 37세였는데 단두대의 이슬로 사라지기 전 하룻밤 사이 머리가 새하얗게 새었다는 이야기도 있다.

마리 앙투아네트 일화 중 "빵이 없으면 케이크 먹기"가 유명하다. 백성들이 빵이 없어 굶어 죽는다는 말에 앙투아네트가 "빵이 없으면 케이크를 먹어라."고 말해 이미 활활 타오르는 백성들의 분노에 선풍기를 틀었다는 것이다. 하지만 이는 사실이 아니다. 왕실과 귀족들에게 고혈이 빨리고 빨려 껍데기만 남은 백성들이 사치와 호화의 극을 달린다고 소문난 왕비 앙투아네트를 너무 미워한 나머지 이런 거짓 소문이 난 것이다. 백성들의 증오를 넘치도록 받았다는 건 사실이지만, 단두대의 이슬로 사라질 때 다른 죄수들처럼 내려오는 칼날이 보이지 않도

❀ 마리 앙투아네트의 참수

록 엎드린 자세가 아니라 대중의 강력한 요구에 따라 누운 자세로 처형되었다는 소문도 사실이 아니다. 훗날 앙투아네트에 대한 역사의 평가는 분분했다. 국고 낭비, 반역 등의 죄목으로 참수형이 결정된 재판에 대한 의견 역시 분분한데, 앙투아네트가 누더기를 입고 머리카락이 잘린 채 질질 끌려 나와 구경나온 대중들의 욕설과 저주를 한 몸에 받으며 단두대의 이슬로 사라졌다는 건 사실이다.

'단두대의 이슬' 표현이 나온 김에 decapitate와 관련된 세 가지 사례를 소개하고자 한다. 한 가지는 완전 사실무근, 두 번째는 확인 불가, 세 번째는 증거가 뒷받침된 실제 사실이다.

첫 번째. 프랑스의 위대한 화학자 앙투안 라부아지에(Antoine Lavoisier, 1743~1794)가 단두대의 이슬로 사라졌다는 건 많이 알려진 사실이다(클리셰의 특성상 지겹고 진부한 게 당연하지만, 집중적으로 남발했더니 '단두대의 이슬' 표현이 슬슬 지겨워지기 시작했으므로 더는 쓰지 않겠다). 화학이라는 학문 분야의 발전에 크게 이바지하며 근대 화학의 기초를 세운 프랑스가 낳은 위대한 화학자로 그 공로가 크다는 데에는 이견이 없다. 다만 공로를 설명한 자료는 많지만, 한글인데도 당최 무슨 말인지 알 도리가 없으므로, 그의 연구와 성과에 대한 설명은 생략하고자 한다.

아무튼 그는 프랑스 혁명 전부터 학문과 공직에서 활발하게 그리고 성공적으로 활동했다. 그러다 혁명이 점점 무르익는 과정에서 딱 들어봐도 백성들의 미움을 가장 많이 받으리라 확신이 드는 세금 징수원으로 활동한 경력이 문제가 되었다. 그러잖아도 등가죽과 뱃가죽이 들러붙을 지경인 백성들 등과 배에 빨대를 꽂고 세금을 흡입하며 호화로운 생활을 일삼은 왕족, 귀족들의 작태에 살기어린 분노가 극에 달하던 시기였으니 말이다. 1793년, 전직 세금 징수원 체포안이 국민공회를 통과하면서 라부아지에는 감옥에 갇히고 말았다. 이후 혁명법원에 넘겨진 세금 징수원 중 라부아지에를 포함하여 28명이 사형을 선고받아 단두대에서 생을 마감했다. 학자로서 공이 워낙 크다 보니 라부아지에의 사형을 반대한 이들도 적지 않았다. 대표적으로 수학자 조제프 루이 라그랑주(Joseph-Louis Lagrange, 1736~1813)는 "라부아지에의 머리를 베는 건 일순간이지만 프랑스에서 그런 두뇌를 만들려면 100년도 더 걸릴 것"이라며 안타까워했다.

라부아지에는 단두대에 오르기 전 과학자 특유의 호기심이 발동했다. 사람의 머리가 목에서 분리되고 얼마나 의식을 유지할 수 있을까 궁금했던 그는 지인에게 자신이 최대한 정신을 바싹 차리고 눈을 깜빡여 보일 테니 목이 잘린 후 얼마나 오랫동안 눈을 깜빡이는지 시간을 재달라고 했다. 마침내 유명을 달리할 시간이 왔고, 라부아지에는 단두대에 올랐다. 그의 지인은 약속대로 그의 처형 순간을 함께했는데, 목에서 머리가 떨어진 순간 라부아지에는 약 10~15초 정도 눈을 깜빡였다고 한다……는 이야기가 있지만 뜬소문, 헛소문, 터무니없는 낭설이다. 왜 이런 이야기가 돌게 되었는지 근거는 전혀 없다. 라부아지에가 프랑스 혁명 중 단두대에서 decapitate 되었다는 것까지만 사실이다.

그런데 사람의 머리, 즉 뇌가 척수와 연결된 지점이 목에서 분리된 순간 정신도 잃고 혼도 떠나게 될까, 아니면 몇 초라도 정신은 남아 있을까? 이것은 실제 경험자에게 들을 수 없으므로 영원히 확인할 도리가 없다. 그래서 이에 관한 호기심과 궁금증이 라부아지에의 깜빡임 낭설을 낳은 게 아닌가 싶다. 그런데 프랑스 혁명 당시 이에 관한 기록이 있다. 아무래도 프랑스 혁명 때 단두대에 오른 사람들이 많다 보니 decapitation 관련 사건도 프랑스 혁명 때의 단두대 일화가 많다.

폴 보드리(Paul Baudry)의 〈샤를로트 코르데〉, 자크 루이 다비드(Jacques-Louis David)의 〈마라의 죽음〉, 이 두 작품은 프랑스 혁명 당시 급진적인 자코뱅파의 우두머리 장폴 마라(Jean-Paul Marat)의 암살 사건을 그린 것이다(자코뱅파는 중앙 집권적인 공화당을 주장했고, 반대파로 온건한 지롱드파는 연방 공화정을 주장했다). 마라 암살 사건

◉ 폴 보드리가 그린 〈샤를로트 코르데〉
(1860)

◉ 자크루이 다비드가 그린 〈마라의 죽음〉
(1793)

은 당시 프랑스에 엄청난 충격을 안겨주었는데, 급진적 혁명을 주도
하던 자코뱅파의 우두머리가 사망한 것도 충격이었지만 그 암살자
가 샤를로트 코르데(Charlotte de Corday)라는 20대 젊은 여성이어서
더욱더 충격적이었다. 보드리의 작품에는 이 여성이 등장하고, 다비
드의 작품에는 등장하지 않는다.

자코뱅파의 과격한 혁명을 혐오한 그녀가 프랑스를 위해 마라
를 죽이겠다고 결심, 홀로 파리로 올라온 게 1793년 7월 9일이다. 4
일이 지난 7월 13일에 그녀는 마라를 찾아가 욕조에 있던 그의 심
장에 칼을 꽂은 뒤 현장에서 체포되었다. 그리고 4일 뒤 혁명 재판
에서 사형을 판결받았고, 판결 당일 단두대에서 처형되었다(과격한

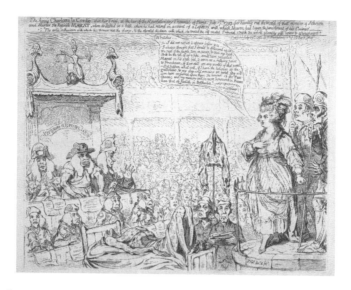

혁명이 진행 중이기도 했지만, 당시는 지금처럼 3심제가 아니었기에 가능한 일이었다). 마지막 순간까지 그녀는 의연함을 잃지 않았다. 이를 구경하던 사람들이 놀랄 정도였다. 손이 묶이고, 단두대에 오를 때도 전혀 저항하지 않았다. 두려워하는 모습조차 보이지 않았다고 한다.

그런데 모두가 그런 그녀의 모습에 내심 감탄한 건 아니었다. 단두대에서 그녀의 목이 잘리자 사형 집행인의 부하 중 한 명이 그녀의 머리를 들고 뺨을 때렸다. 자코뱅파를 지지했던 모양인데, 아무리 그래도 시신을 모욕하는 건 선을 넘었다며 구경꾼들이 크게 분노했다. 그런데 놀랍게도 이를 지켜보던 사람들의 증언에 의하면,

빰을 맞은 샤를로트의 얼굴이 분노한 듯 붉게 물들었고, 시선, 즉 그녀의 눈알이 자신을 때린 사람 쪽으로 돌아갔는데 역시 분노로 이글거렸다는 것이다……는 이야기가 있다. 사실무근 여부는 확인되지 않았다. 참수 후 분노로 이글거리는 샤를로트의 시선이 움직이는 걸 보았다고 주장하는 사람들이 있긴 했는데, 이 사람들이 자신들이 본 게 사실이라고 증명할 도리가 없었기 때문이다. 지금처럼 카메라 기능을 갖춘 휴대전화기가 있는 게 아니다 보니 사람들이 본 게 실제 사실인지, 아니면 그렇게 보았다고 느꼈지만 사실은 아니었는지 확인할 수가 없는 것이다. 하지만 사실이라면, 그녀에게 따귀를 갈긴 사람은 등골이 서늘해지지 않았을까 싶다.

참수 후 표정 변화가 있었다는 기록은 또 있다. 프랑스 혁명에 자주 등장한 단두대가 생기기 훨씬 이전, 1500년대 스코틀랜드의 마지막 여왕인 메리 여왕(Queen of Mary) 역시 decapitate되어 유명을 달리했다. 앞서 Bloody Mary에 나온 그 메리가 아니고, 그 메리 여왕을 이어 잉글랜드의 여왕이 된 엘리자베스 1세(Bloody Mary의 배다른 여동생)가 여기 등장한다. 잉글랜드의 여왕인 엘리자베스 1세와 스코틀랜드의 메리 여왕(본명은 메리 스튜어트Mary Stewart)은 사이가 좋지 않았다. 그녀는 나중에 엘리자베스 1세의 암살을 공모했다는 이유로 잉글랜드의 궁궐 사람들 수십 명이 지켜보는 가운데 decapitate 당하는 최악의 수치스러운 죽음을 맞이했다.

decapitate

◉ **처형당한 메리 여왕**

메리 여왕은 엘리자베스 1세의 암살을 공모한 적이 없다며 끝까지 결백을 주장했지만, 엘리자베스 1세는 사형을 허가하는 종이에 주저 없이 서명했다. 죽기 직전까지 처연하면서도 의연한 모습을 잃지 않았던 메리 여왕은 참수 후 표정이 일그러졌다는데, 특히 입술이 무려 15분 동안 움직였다는 기록이 있다. 억울함을 호소하고 싶었던 것일까, 권력의 무상함을 살아 있는 이들에게 알려주고 싶었을까, 아니면 자신을 죽음으로 내몬 이들에게 저주를 퍼붓고 싶었을까, 그것도 아니면 단순히 사망 후 남달리 요란하게 그리고 오랫동안 진행된 근육 수축일 뿐일까? 그건 아무도 알 수 없다. 처형 당시 모습이 그림으로 남아 있기는 하지만, 입술이 움직였다는 부분 역시 확인할 도리는 없다.

참고로 메리 여왕의 처형을 허가한 잉글랜드의 엘리자베스 여왕은 우리가 아는 그 엘리자베스 여왕이 아니다. 메리 여왕을 처형한 분은 엘리자베스 1세(1533~1603)이고, 우리가 아는 '다이애나 황태자비의 시어머니이며, 윌리엄과 해리 왕자의 할머니이며, 찰스 3세 영국 왕의 어머니로 2022년에 세상을 떠난' 그 엘리자베스 여왕은 엘리자베스 2세(1924~2022)이다.

마지막으로 decapitate된 후 무려 1년 6개월 동안 머리도 없이 잘 먹고 잘 싸며 잘 살아남아 전국 여행까지 한, 각종 언론에 소개된 기사와 사진 덕분에 그 사실이 증명되고 확인된 경우를 소개하겠다. 주인공의 이름은 미국 콜로라도 출신의 마이크(Mike)이다.

마이크는 원래 죽을 운명이었다. 단두대가 아닌 식칼에 의해 decapitate 되어 이승을 떠나 저승으로 전력 질주할 운명이었는데, 명줄이라는 게 마이크에게는 너무나 질기고도 질겼다. 마이크의 명줄이 이다지도 질길 수 있었던 건, 잘린 목 부위가 비현실적으로 절묘했던 데다 초현실적으로 깔끔하게 잘린 덕분이었다. 한마디로 운이 너무 좋았다. 뇌와 척수를 이어주는 뇌간은 호흡, 운동, 감각 등을 담당하기 때문에 생명 유지에 필수적인데 마이크의 경우 뇌간 대부분을 손상하지 않고 머리만 잘려 나가는 딱 그 부위에 칼날이 닿았다. 그야말로 기똥찬 일이 아닐 수 없다. 또 잘린 목 부분의 피가

decapitate

빨리 그리고 잘 응고되어 대량 출혈로 이어지지 않은 것도 천운이 따랐다고 하겠다. 깔끔하게 잘린 목에 드러난 식도를 통해 물과 음식을 공급받아 살아 있는 동안 살이 찐 건 아니었지만 그렇다고 전보다 살이 더 빠지지도 않았다. 목 없이 잘도 싸돌아다니는 마이크는 당연히 세간의 관심을 한 몸에 받았고, 전국을 여행하며 사람들에게 자신의 기겁할 모습을 선보이기도 했다.

머리도 없이 마이크 혼자 전국 순회공연을 다닐 수는 없는 노릇. 일종의 매니저 역할을 하던 올슨(Olsen) 부부가 마이크와 여행하면서 마이크가 무대에 설 수 있게 해주었고, 마이크의 목 부분 관리도 올슨 부부가 맡았다(그도 그럴 것이 애초에 식칼로 마이크의 목을 친 사람이 올슨이었으므로 올슨이 이 일을 맡는 게 당연하다 하겠다). 머리가 없으므로 올슨이 기도와 식도를 매일 잘 닦아주고 관리해주어야 했다. 그렇게 함께 전국 순회공연을 다니며 돈을 쓸어 모으던 어느 날, 마이크는 식사 중 숨이 막혀 오래전 가기로 예정되었던 저승으로 달려가고 말았다. 올슨이 말도 못 하게 슬퍼했다고 한다. 올슨이 마이크에게 개인적인 애정이 있었을 수도 있지만, 직접 보면서도 두 눈을 의심하게 만드는 놀라 자빠질 마이크의 비주얼이 선사하는 돈벌이가 끊긴 게 슬픔의 주원인이 아니었나 싶다. 왜냐하면 올슨은 마이크가 세상을 떠난 뒤, 또 다른 마이크를 만들어보겠다고 식칼을 들고 여럿의 목을 쳤기 때문이다.

여기서 언급하지 않은 한 가지 중요한 사실, 마이크는 사람이 아니라 닭이다.

    1945년 9월 10일, 콜로라도에 사는 농부 로이드 올슨(Lloyd Olsen)이 저녁 식사로 먹기 위해 수탉 한 마리를 붙잡아 시원하게 목을 내리쳤다. 목이 잘린 닭은 미친 듯이 마당을 뛰어다녔다. 흔하지 않지만 간혹 그런 경우가 있긴 하다. 순간적으로 놀란 닭이(닭의 처지에서는 느닷없이 목이 날아갔으니 놀라지 않는 건 불가능하므로) 마치 살아 있는 듯 정신없이 몇 초 뛰어다니기도 해서 "run around like a chicken with its head cut off(머리 잘린 닭처럼 뛰어다니다)"라는 표현도 있다. 하지만 보통은 그러다 쓰러져 주인의 식사가 되어 닭으로의 생애를 마감한다. 올슨 역시 그러리라 예상했다. 그런데 이 녀석이 막 뛰어다니다가 천천히 뛰더니, 날갯짓도 하고, 홰를 치기도 하고, 머리가 없는데 마치 머리가 있는 듯 깃털을 정리하거나, 입이 없는데도 목을 아래로 굽혀 무언가 먹는 거처럼 행동하거나, 꼬끼오~ 하고 우는 시늉을 하는 것 아닌가. 당연히 소리를 내지는 못하지만, 목 아래의 몸과 날개가 머리가 있던 때 꼬끼오~ 하고 울 때와 같은 자세를 취한 것이다.

    한 마디로 녀석은 죽기는커녕 마치 자기 머리가 잘려나가고 없다는 사실을 모르는 듯(뇌가 없으니 뇌가 있는지 없는지 그 자체를 모른다는 건 당연한 일이겠지만) 평소처럼 행동했다. 그러다 죽으려니 했지만 기다려도 쓰러지지 않았고, 머리만 없을 뿐 살아 있는 다른 닭들과 다를 바 없어서 잡아먹기도 뭣한 애매하고 난감한 상황이었

decapitate

다. 올슨은 다음 날이 되어도 잘만 살아 있는 닭이 신기해서 마이크라는 이름을 붙여주고, 잘린 목을 잘 닦아주며 주사기나 안약 통 같은 기구를 이용해 식도에 먹을 것을 넣어주었다.

마이크를 구경 오는 사람들이 많아지고 소문도 널리 퍼지자, 올슨 부부는 마이크를 데리고 전국을 순회하며 25센트 입장료를 받고 마이크를

❋ 머리 없는 닭 '기적의 마이크'[2]

무대에 올렸다. 머리도 없는 마이크가 무슨 공연을 할 수도 없었지만, 뭐 그럴 필요도 없었다. 그저 머리 없는 몸으로 무대 위를 돌아다니기만 해도 사람들은 감탄했고 환호성을 질렀다. 당시 마이크가 올슨 부부에게 벌어다준 돈이 엄청나서, 많이 벌 때는 한 달에 4,500달러까지 벌었다고 한다. 현재 가치로 약 8천만 원에 해당한다.

순회공연을 끝내고 집으로 돌아오던 어느 날 밤, 식도에 옥수수 알이 걸려 마이크의 숨이 막혔다. 하필 전날 공연하던 곳에 마이크의 목을 관리하고 먹이를 주는 도구를 실수로 놓고 와버린 통에 올슨 부부는 숨을 쉬지 못하는 마이크를 구해줄 수 없었고, 18개월이

2   https://1.bp.blogspot.com/-vSdlton5GjI/XZtyv9zWY-I/AAAAAAADpUc/whV0Mn-
      XwTATio80wulunXPDTp9bc4-UACLcBGAsYHQ/s1600/mike-the-headless-
      chicken-09.jpg

나 늦춰진 저승길로 마이크를 떠나보내야 했다.

당시 마이크 덕분에 돈을 긁어모으는 올슨 부부를 보고 너도나도 식칼을 들고 닭의 목을 친 사례가 엄청났다고 한다. 덕분에 매일 닭고기를 푸짐하게 먹은 가정이 많았지만, 또 다른 마이크는 나오지 않았다. 올슨 부부 역시 마이크 사망 후 닭을 여러 마리 잡았지만, 마이크처럼 살아남은 닭은 없었다.

앞서 언급한 바와 같이 마이크가 살아남은 건, 그저 행운 덕분이었다. 뇌간을 최대한 살리면서 동시에 머리만 잘려 나가는 그 절묘한 지점이 어디인지는 올슨도 몰랐고, 이후 닭의 머리를 내리친 사람들 모두가 다 몰랐을 것이다. 우연과 행운이 겹치고 겹쳐 '머리 없는 닭 마이크(Mike, the headless chicken)'가 탄생한 것이라서, 이후 또 다른 마이크는 생겨나지 않았다.

사람도 그럴 수 있을까? 당연히 아니다. 사람이나 동물이나 뇌와 척수를 연결하는 뇌간은 생존에 필수적이다. 마이크가 없는 부리로 날개 깃털을 다듬는 시늉을 하거나, 없는 입을 벌리고 날개를 활짝 펴서 꼬끼오 소리 내는 시늉을 하거나, 없는 머리를 꾸벅이며 조는 시늉을 하는 등 머리가 없는데도 본능적인 행동을 할 수 있었던 건 뇌간 대부분이 살아남은 덕분이었다. 뇌가 없지만 생명 유지에 필수적인 부분을 뇌간을 통해 해결했던 것이다. 그래서 선택하거나 결정하는 행동은 뇌가 없는 탓에 해낼 수 없었지만, 뇌간의 살아남은 기능 덕분에 본능적인 행동은 할 수 있었다. 하지만 사람은 그렇지 않다. 사람도 닭도 뇌간이 있지만, 닭처럼 절묘한 지점의 목이 잘려도 뇌간 대부분이 살아남는 건 불가능하다. 뇌와 척수가 분리된 상태로 18개월은 고사하고 수 시간도 살아남기 어렵다. 앞서 소개한 사고로 인한 internal decapitation의 경우, 사고 직후 병원에 옮겨져 수술로 뇌와 척수를 연결했기 때문에 생존할 수 있었다.

아무튼 앞서 나온 단두대에 의한 decapitation과는 달리, 마지막 마이크의 사례는 목이 잘리고도 18개월이나 살아남았다는 게 사진과 영상 기록으로 확인되는 확실한 팩트이다.

참고로 마이크가 돌머리로 둘째가라면 서러운 '닭'이기 때문에 어차피 돌에 가까운 뇌라 없어도 사는 데 전혀 문제가 없기에 생존한 게 아니냐고 생각하는 사람도 있을 것이다. 그건 아니다. 언급한 바와 같이 뇌간이 대부분 남아서 생존에 필요한 필수 기능을 계속할 수 있었기 때문이지, 소위 '돌대가리, 새대가리, 닭대가리'라 뇌가 애초에 아무짝에도 쓸데없기 때문이 아니다.

머리가 나쁜 사람을 닭대가리, 새대가리라고 한다. 영어로도 **bird brain**(새의 뇌)은 멍텅구리, 머리가 나쁜 사람을 뜻한다. 2024년 1월 29일, 미국 공화당의 대선 후보였던 도널드 트럼프(Donald Trump)가 상대 경쟁 후보인 니키 헤일리(Nikki Haley) 전 유엔 대사를 "새대가리(bird brain)"라고 불러 화제가 된 적이 있다. 트럼프의 막말이야 뭐 전혀 새롭지 않지만, 우리말 '새대가리'와 정확히 일치하는 영어 표현이 있다는 걸 새롭게 안 사람들은 흥미로웠을 것이다. 우리말에서는 '새대가리'도 많이 쓰지만 '닭대가리'를 더 많이 쓰는 거 같다.

　다들 알겠지만 '대가리'는 머리, 뇌를 속되게 표현한 것이고, 조류는 지능이 낮다는 인식 때문에 '대가리' 앞에 닭이나 새를 붙인 것이다. '비둘기 대가리'라고 쓰지 않는 것은, 새 중에서도 닭이 유독 멍텅구리라서일까? 비둘기, 독수리는 글자가 세 개라 발음하기가 좋지 않아 한 글자짜리인 닭으로 한 것인가 싶을 수도 있다. 하지만 한 글자인 꿩을 넣어 '꿩대가리'라 하지 않는 것으로 보아, 닭이 조류 중 돌머리로 탑이 아닐까? 물론 '꿩대가리'보다 '닭대가리'의 발음이 입에 착 붙어서일 수도 있다.

　새들은 몸에 비해 머리가 작고, 머리가 작다 보니 뇌도 작다. 하지만 새는 멍텅구리가 아니다. 대표적인 예로 까마귀만 해도 호두를 자동차가 다니는 도로에 놓고 자동차를 이용해 껍질을 부서뜨려 알맹이를 먹을 정도로 머리가 비상하다. 사람인 나보다 머리가 좋은 게 아닌가 의심스러운 수준이다.

　머리 나쁘기로 유명한 새로 닭과 어깨를 나란히 하는 타조를 빼놓을 수 없다. 100킬로그램에 달하는 거구에도 불구하고 근육질 다리 덕분에 자동차와 달리기 경주를 해도 될 만큼 빠른 타조는 머리가 몹시 작다. 머리가 작다 보니 뇌도 몹시 작다. '몹시'라는 게 얼마나 작은 수준이냐 하면, 뇌가 눈알보다 작으니까 '몹시 작다'는 말로 그 작은 정도를 다 표현할 수 없는 수준이다. 타조 눈알이 크긴 하지만, 아무리 그래도 눈알보다 뇌가 작다니, 이보다 더 굴욕적인 신체 구조는 없을 것이다.

그럼, 타조와 닭 중 누가 더 돌머리일까?

타조는 돌머리라서 위험이 닥치면 일단 '내 눈에 위험이 안 보이면 그만'이라는 돌머리다운 판단으로 머리를 땅속에 처박는다고 알려졌다. 그런데 이는 사실이 아니다. 땅속 구멍에 머리를 처박으면 엄청 더울 때 열기를 피할 수도 있고, 키가 큰 타조가 고개를 들고 있는 것보다 천적에게 발견될 가능성을 줄일 수 있고, 땅속에 머리를 대면 눈으로 보는 것보다 땅의 미세한 진동을 통해 아주 멀리서 다가오는 천적을 알아내기도 더 수월하다. 돌머리라 생각이 짧

❋ 타조

❋ 에뮤

아서 머리를 땅이나 모래에 처박는 게 아니라는 사실. 한마디로 타조는 돌머리가 아니다.

타조와 아주 비슷한 에뮤의 경우도 마찬가지이다. 호주에 사는 에뮤는 거대한 몸에 작은 날개, 근육질 다리와 작은 머리로 생김새가 타조와 거의 흡사한데, 단 크기가 타조보다 약간 작고 달리기 속도도 타조보다 약간 느리다. 그리고 에뮤 역시 뇌가 작기로는 타조 저리 가라 할 수준이지만, 돌머리와 거리가 멀다.

제1차 세계대전 후 호주에서 실제 있었던 일이다. 전쟁이 끝난 후 에뮤 서식지에 퇴역 군인들이 농장을 짓고 밀 농사를 지었다. 마음껏 돌아다니며 먹을 것을 찾아 먹던 곳에 농장이 들어섰다고 해서 눈 하나 깜짝할 에뮤가 아니었다. 아무리 울타리를 쳐도, 힘이 세고 뻔뻔한 데다 먹성까지 좋은 에뮤를 막는 것은 쉽지 않았다. 그러던 중 1932년 기록적인 가뭄으로 먹을 것이 귀해지자, 에뮤 떼가 농장에 막 쳐들어와 농작물을 마구 먹어 치웠다. 수십, 수백 마리가 아니라 자그마치 2만 마리 에뮤 떼가 출몰한 것이다. 농장마다 아주 쑥대밭이 되었다.

농부들이 힘을 합쳐도 경찰이 출동해도 막을 도리가 없자, 정부에서 군대를 보냈다. 정부에서 무장한 군대를 보내는 경우는 단 한 가지, 전쟁을 치를 때뿐이다. 한마디로 호주 정부가 에뮤 떼와 전쟁을 벌인 것이다. 기관총으로 무장한 군인들이 에뮤 떼를 토벌했을까? 에뮤는 달리기도 잘하고 청각이 매우 우수해서 방아쇠를 당긴 순간 총알이 닿기 힘든 거리로 재빨리 도망쳤다. 앞쪽에서 몇 마리가 쓰러지면 나머지가 눈썹이 휘날리게 전력 질주를 해버리니 몇마리 이상은 총에 맞지도 않았다. 2만 마리 에뮤 떼가 동시에 움직이면 근거리에서 총을 쏴도 가늘다가는 목이나 작디작은 머리를 조준해서 맞추기란 여간 어려운 일이 아니었다. 몸통이 크니까 몸을 맞추면 되지 않나 싶지만, 몸이 워낙 튼실한 데다 깃털로 중무장이 되어 있어서 총알이 쉽게 들어가지 않았고, 설령 총에 맞는다 해도 죽지 않고 부상만 당하는 경우도 흔했다.

너무 빠르니까 트럭을 타고 트럭에서 기관총을 쏴보기도 했는데, 에뮤 한 마리가 트럭으로 돌진해 트럭을 엎어뜨려 그 한 마리만 죽고 나머지는 죄다 도망쳐버린 적도 있었다(이 에뮤는 우수한 전략가이자 희생정신까지 갖춘 에뮤 사회의 히어로라고 봐야 할 것이다). 사람이 총을 들고 에뮤와 전쟁을 벌이다니, 뭐 하는 짓이냐, 창피하지도 않냐며 동물 보호 단체에서 비난을 퍼부었고, 군부대까지 동원했지만 겨우 400여 마리의 에뮤만 사살하는 데 그치자, 호주 정부도 그만 철수했다. 군부대도, 농부들도 농장을 포기하고 다 떠나버린 것이다. 에뮤는 사람들이 떠나버린 밀밭에서 마음껏 밀을 따 먹으며 번식해 이전보다 에뮤 수가 더 늘어났다는 후문.

호주 정부는 이를 에뮤 소탕 작전이라 불렀지만, 다들 이를 에뮤 전쟁이라 부른다. 이 전쟁이 매우 굴욕적이라 평가받는 건, 소탕은 고사하고 에뮤 개체 수가 도리어 늘어났다는 점, 그리고 인간이

❋ 호주 군인이 쏜 총에 맞아 죽은 에뮤

동물과 벌인 최초의 전쟁이며 동시에 패배한 전쟁이라는 점 때문이다. 기관총으로 무장한 인간 군대와의 전쟁에서도 승리하는 에뮤를 돌대가리라 할 수 있을까?

그렇다면, 새의 머리가 나쁜 게 아니라 닭만 돌머리라고 해야 할까? 그런데 찾아보면 닭은 반려닭으로 키울 정도로 머리가 비상하다고 한다. 사람 유아 정도의 지능을 갖고 있고, 숫자 개념도 있으며, 두려움, 분노, 기대감 등의 감정까지 느낄 수 있다고 한다. 결론적으로 새대가리, 닭대가리는 돌대가리와 의미가 다르다고 해야 할 것 같다. '돌대가리'는 멍텅구리가 맞지만, 멍청하다고 알려진 닭과 타조를 포함하여 새의 머리가 나쁘지 않기 때문에 새대가리, 닭대가리는 멍텅구리 의미로 사용하지 않는 게 좋겠다.

decapitate

이 단어를 계기로 미국의 유명 래퍼에게 관심을 두게 되었는데, 매우 시시하고 하찮을 수 있지만, 독자들도 이 래퍼의 평범하지 않은 어록을 재미로 한 번 읽어보는 것도 좋을 듯해 소개하고자 한다.

개인적으로 한국에서 치러지는 영어 시험에서 절대 나올 것 같지 않은 단어를 하나만 꼽으라면 이 단어를 꼽겠다. 아마도 영어를 모국어로 사용하는 사람 중에도 2022년에 이 단어를 처음 들어본 경우가 꽤 있을 것이다. 그렇다면 일상생활에서 내가 사용하거나 남이 사용하는 걸 들을 일은 거의 없는 단어라 할 수 있다. 하지만 2022년 봄 **skete**라는 단어는 서양의 언론, SNS, 인터넷에서 정말 많이 등장했다.

시작은 이렇다.

래퍼 카니예 예(Kanye Ye. Kanye West는 2021년에 공식적으로 Ye로 이름(성)을 바꾸었다)는 2021년 킴 카다시안과 합의 이혼했다. 얼마 후 킴이 SNL의 대표 코미디언이자 배우인 피트 데이비슨(Pete Davidson)과 공개적으로 연애를 시작했다. 피트가 자신의 SNS에 킴과의 연애질 사진을 올리며 자랑질을 해대자 카니예는 열불이 났

✱ 2009년 트라이베카 영화제에 참석한 카니예 예

다. 안타깝게도 이 시기에 이혼을 후회한 카니예가 킴에게 재결합을 요구하며 구애를 일삼고 있었다.

2022년 2월 14일 발렌타인데이에 카니예는 장미 한 트럭을 킴에게 보내며 트럭 사진을 자신의 SNS에 올렸다. 'My vision is krystal klear(나의 비전은 분명하다).'라는 문구가 트럭에 박혀 있었는데(crystal clear: 명확한, 분명한의 c를 일부러 k로 바꾸어 쓴 것이다. 철자를 몰라 틀린 게 아니라 멋져 보이려고 한 것) 보나 마나 카니예의 비전은 킴과의 재결합일 것이다. 이런 와중에 킴과 피트의 발렌타인데이 데이트 사진이 인터넷에 떴다.

피트와 환하게 웃고 있는 사진 속 킴은 패셔니스타들이나 이해할 만한 (패션에 문외한인 이들에게는 마치 철수세미를 엮어 만든 듯한) 코트를 입고 있었는데, 그 비싸다는 발렌시아가 제품이었다. 문제는 바로 이 옷이었다. 카니예는 이 사진을 자신의 SNS에 올리며 이렇게 썼다.

I bought this coat for Kim
이 코트 내가 킴에게 사준 것이다

Before SNL I thought it was particularly special
SNL 전에 나는 코트를 유난히 특별하다고 생각했다

I have faith that we'll be back together
나는 우리가 다시 합칠 거라 믿는다

(……)

Sometimes people call me crazy but
가끔 사람들이 나더러 미쳤다고 하지만

to be in love is to be crazy about something
사랑에 빠진다는 건 무언가에 미쳤다는 뜻이고

and I am crazy about my family
나는 내 가족에 미쳐 있다.

Happy Valentines
행복한 발렌타인 되기를

피트와 데이트할 때 킴이 입은 저 코트는 자기가 사준 거라고, 그녀와 다시 가족이 되리라 믿는다고, 그리고 다들 행복한 발렌타인 되길 바란다며 아름답게 마무리……(이것은 말인가 방귀인가!).

당시 연예 섹션을 도배한 이 사건의 기사 제목은 당연히 SNS에 올린 길고도 긴 글 중 가장 압도적으로 애처로운 'I bought this coat for Kim'이었다. 그리고 연이어 카니예가 피트를 공격했는데, 실질적으로 살해 협박으로 오해받을 만한 공격이었다.

Skete Davidson dead at age 28
스키트 데이빗슨 28살에 사망하다

카니예는 '흠씬 두들겨 패주겠다(beat his a**)'라는 위협과 함께 이런 글을 올렸는데, 이때 Pete라는 멀쩡한 이름을 놔두고 피트를 skete라 불렀다. 이후 카니예와 그의 팬들이 일제히 피트를 skete라고 부르면서 skete라는 대단히 낯선 표현이 세상에 널리 알려지게 되었다.

그럼, skete가 뭐냐. '수도자들이 공동생활을 하는 곳, 창백한 피부에 마른 사람을 비하한 표현'이다. 그러니까 skete는 '희멀건 말라깽이' 정도로 번역될 수 있다. 공교롭게도 키가 크고 마른 백인인 피트 데이비슨은 눈 아래 다크서클이 좀 진한 편이라 보는 사람에 따라 피트를 skete 단어의 표본, 모범적인 예, 더 나아가 skete의 화신으로 볼 여지가 있다. 카니예의 팬들은 skete가 피트의 별명으로 찰떡이라며 환호했고, 이후 몇 달 동안, 심지어 피트와 킴이 약 9개월 사귄 뒤 결별한 이후에도 피트에게는 skete 표현이 따라다녔다.

피트와 카니예 두 성인 남자의 (수만 리 밖 외국에서 기사를 읽는 내가 다 민망할 지경인) 유치한 SNS 싸움박질을 다룬 글 외에 skete가 쓰인 기사나 글을 찾기 힘드니까, skete가 얼마나 안 쓰이는 단어인지 짐작할 수 있을 것이다. 우리나라에서는 큰 관심을 불러일으키지 않았고, 또 나는 카니예를 포함하여 국내외 어떤 가수의 팬도 아니고, 대중음악은 물론이고 랩에 대한 관심은 제로가 아닌 마이너스인데, 그런 내가 이 사건에 관심을 두게 된 건 카니예의 어휘력 때문이다.

카니예는 skete 사건이 회자될 당시 이런 말을 한 적이 있다.

I actually haven't read any book.
나는 사실 책을 읽은 적이 없다.

Reading is like eating Brussels sprouts for me.
나에게 독서는 방울양배추를 먹는 것과 같다.

동서양, 애어른을 막론하고 보편적으로 미움받는 채소 중 브로
콜리와 방울양배추는 항상 상위권을 차지한다. 카니예가 얼마나 독
서를 싫어하는지 알 수 있는 대목이다. 그는 책 한 권 안 읽었다는
걸 창피해하지도 않아서 이런 말도 했다.

I am a proud non-reader of books.
나는 자랑스러운 책 안 읽는 사람이다.

그런데 책 한 권 안 읽은 사람이 skete라는 단어는 어떻게 알았

을까? 사실 인터뷰, 랩 가사, SNS를 통해 카니예가 한 말이나 올린 글 중 너무나 주옥같아서, 혹은 너무나 어처구니가 없어서 유명한 글귀가 아주 많다. 실제 그의 글귀를 어록으로 정리한 경우를 어렵지 않게 찾을 수 있는데, 이를 읽어보면 책 한 권 안 읽은 사람이 쓴 게 맞나 싶은 글귀가 상당하다.

> Nothing in life is promised except death.
> 사망 외에 삶에서 약속된 건 없다.

소크라테스의 명언인 줄……. 누구나 언젠가 죽는다는 사실 외에 삶은 정해지거나, 미리 약속된 건 없다는, 특히 살아갈 날이 많이 남았다고 여겨지는 청년층에 희망과 꿈을 안겨주는 아름다운 명언이 아닐 수 없다. 그런데,

> I would like to thank Julius Caesar for originating my hairstyle.
> 나는 내 헤어 스타일을 처음 고안해낸 줄리어스 시저에게 감사하고 싶다.

카니예가 이런 어처구니없는 말도 많이 했다는 게 안타깝다. 너

무 어처구니가 없어서 짧은 헤어스타일의 원조가 시저라는 근거가 무엇인지 궁금하지도 않다. 개인적으로 이보다 더 어처구니없는 말은 이것 같다.

> I'm only afraid of my daddy, God.
> 내가 두려워하는 건 오직 나의 아빠인 하느님뿐이다.

특히 "my daddy, God" 이 부분이 압권이다. 그래도 입이 쩍 벌어지게 어처구니없기로 최고봉이라면, 2013년 〈On Sight〉 노래 가사일 것이다.

> Soon as I pull up and park the Benz /
> We get this bitch shaking like Parkinson's.
> 내가 벤츠 차를 세우고 주차하자 /
> 파킨슨 환자처럼 몸을 떠는 젊은 여자를 만난다.

실제 미국 파킨슨병 협회와 영국 파킨슨병 협회에서 "카니예가 불치병으로 고통받는 환자들에게 변명이 불가한 수준의 멍청함을 드러냈다."라고 하며 공식적으로 유감을 표한 구절이다.

카니예는 데뷔 때부터 지금까지 초지일관 자신을 천재라고 공언한다. 이렇게 말이다.

> For me to say I wasn't a genius
>
> I'd just be lying to you and to myself.
>
> 나에게 내가 천재가 아니라고 말한다는 건
>
> 여러분과 나 자신에게 거짓말하는 것과 같다.

이 정도는 자신감의 표현으로 귀엽게 혹은 긍정적으로 봐줄 수 있다. 그런데 다음을 보자.

> My definition of genius is not being
>
> that person the actual human is a genius,
>
> 내가 말하는 천재의 정의는 천재인 실제 인간이 아니라,
>
> but it's a person that just allows God to work through them.
>
> 하느님이 어떤 사람을 통해 일해도 된다고
>
> 하느님에게 허락해준 사람이라는 의미이다.

이렇게 덧붙이면 이야기가 달라진다. 카니예는 스스로를 천재라 지칭하는데, 마지막 문장의 의미로 미루어볼 때 자신이 하느님에게 카니예를 통해 기적을 베풀어도 된다고 허락해주어서 하느님이 자신을 통해 하느님의 일을 한다는 뜻이 된다. 이 정도면 주위에서 카니예의 정신 건강 혹은 정신 연령을 걱정해야 하나 싶다.

그도 그럴 것이 "I always misspell genius SMH! The irony!(나는 항상 천재 철자를 틀린다. 쯧, 이런 아이러니가 다 있나!)"라고 말한 적도 있기 때문이다. 위 문장의 SMH는 shake my head(고개를 절레절레, 쯧)를 줄여 쓴 것이다.

하느님에게 이래라저래라 허락해주는 존재인 천재가 '천재' 철자를 틀리게 쓰다니, 만약 실제 그렇다면 이보다 더 심각한 아이러니는 없을 것이다. 아무튼 'genius(천재)' 철자를 틀린다는 사람이 쓴 글이나 표현 중에는 일상 대화에서 자주 쓰이지 않는 단어가 심심치 않게 등장한다.

I can be vilified. I can be misunderstood. I didn't come here to be liked. I came here to make a difference.
나는 비난 받을 수 있다. 오해받을 수도 있다. 나는 남이 좋아해주기를 바라며 여기 온 게 아니다. 나는 긍정적인 변화를 일으키려고 여기 온 것이다.

vilify가 엄청 어려운 단어라고 할 수는 없지만, 일반적으로 'criticize(비판하다)'를 더 자주, 쉽게 사용한다. 우리나라처럼 영어를 학과목으로 시험을 보는 경우 vilify는 어려운 단어에 속할 것이다.

> If I don't win, the award show loses credibility.
> 내가 상을 타지 못하면 시상식은 신뢰를 잃는다.

언어 사용자와 환경, 문맥에 따라 달라지지만, 'credibility(신뢰)' 보다 trust가 더 자주, 쉽게 사용되는 표현이라고 할 수 있다. 물론 자신에게 상을 주지 않는 시상식을 신뢰할 수 없다는 카니예의 자신감 또는 자만심은 trust의 사용 빈도와 정반대로 자주, 쉽게 볼 수 있는 행태는 아니다.

> I liberate minds with my music. That's more important than liberating a few people from apartheid or whatever.
> 나는 음악으로 정신을 자유롭게 한다. 이는 남아공 인종 차별 정책 뭐 그딴 거로 몇 사람을 자유롭게 하는 것보다 훨씬 중요하다.

apartheid는 남아공의 역사적·정치적 배경에 대한 기본 지식이 있어야 알 수 있는 단어로, 꼭 가방끈이 길어야 알 수 있는 단어는 아니지만 일상생활에서 흔하게 쓰는, 소위 '쉬운' 단어라 하기도 어렵다. 한국인의 경우 철자와 의미는 물론이고, 발음도 확인해야 하는 어려운 단어에 속한다. 카니예가 'liberate(자유롭게 하다)'는 동사와 apartheid를 왜 굳이 연결했는지, 그리고 음악으로 정신을 자유롭게 하는 것과 법적으로 흑인 차별 정책이 폐지된 남아공의 인종차별 희생자를 자유롭게 하는 게 어떤 관련이 있는지 궁금한 건 아니다. 다만 책 한 권 읽은 적이 없고, 천재지만 천재라는 단어 genius의 철자를 틀리는 분이 어떻게 apartheid 단어를 알았는지, 책은 안 읽지만 신문이나 학술지 같은 걸 꼼꼼하게 읽는지 살짝 궁금하긴 하다.

앞서 언급했지만, 카니예가 어처구니없는 말만 하는 건 아니다.

I think I do myself a disservice by comparing myself to Steve Jobs and Walt Disney and human beings that we've seen before.
나 자신을 스티브 잡스, 월트 디즈니, 우리가 전에 보아 온 위인들과 비교해서 내가 나를 못살게 구는 거 같다.

카니예는 자신감에 절어 있고 자기애가 과도한 사람 같지만, 그렇게 자신감에 충만하기까지 나름의 고충을 극복하기 위한 노력도 많이 기울인 듯하다. 엄청난 위인들과 자신을 비교하며 스스로를 위축시키는 건 자신에게 몹쓸 짓을 하는 것과 같다는 카니예의 이 말은 많은 이가 공감할 것 같다.

그리고 disservice라는 단어를 참 잘도 사용했다는 생각이 든다. 'dis(아닌 不)+service(봉사, 서비스)' 이렇게 보면 disservice 단어의 의미를 이해하기 쉬울 것 같은데, 명사로는 '해, 구박', 동사로는 '위해를 가하다, 몹쓸 짓을 하다'라는 뜻이다. 개인적인 생각으로는 "I hurt myself by comparing myself to Steve Jobs……(스티브 잡스와 나 자신을 비교해서 스스로에게 해를 가하다)."라고 말할 수도 있는데, 카니예가 멋지게 표현했다고 생각한다. 책 한 권 안 읽는 분이 도대체 어떻게 이런 표현은 할 수 있는지 설마 진짜 천재인가 하는 생각이 들다가도 다음과 같은 말을 보면 또 이게 어디 랩이 직업인 자칭 천재 슈퍼스타 래퍼가 할 말인가 싶기도 하다.

> I don't even listen to rap. My apartment is too nice to listen to rap in.
> 나는 랩을 듣지 않는다. 내 아파트는 엄청 좋은 데라서 랩을 틀어놓고 들을 수 없다.

참고로 카니예가 킴과 낳은 자녀가 총 네 명인데 이름이 상당히 창의적이다. 카니예스럽다 혹은 킴스럽다고 표현할 수도 있겠다. "North West(북쪽 서쪽), Saint West(성聖 북쪽), Chicago West(시카고 북쪽), Psalm West(찬송가 북쪽)." 이렇게 네 명인데, 개인적으로 '북쪽 서쪽' 양의 이름이 가장 카니예스러운 듯하다.

sweetbread

sweetbread는 'sweet(달콤한)+bread(빵)' 두 단어가 합체한 모양이지만 달콤하지도 않고 빵도 아니다. sweetbread는 '어린 소, 양, 돼지의 흉선 또는 췌장'이다. 시험에 안 나올 거 같은 단어에 속하고, 만약 시험에 나온다면 하단에 *표시와 함께 단어의 뜻이 제시될 만한 단어이다. 사전에 검색하면 '스위트브레드'라고 나오지만, 스위트브레드의 정체를 쉽게 알아낼 수 있으니 성급하게 분노할 필요는 없다. 스위트브레드는 송아지나 어린 양의 흉선 또는 췌장 요리이다. '흉선'은 영어로 thymus gland, '이자'라고도 하는 '췌장'은 영어로 pancreas이다(복수라서 −s가 붙은 게 아니라 원래 −s가 붙는다). 안 먹어봐서 (못 먹어봐서) 모르지만 스위트브레드의 맛이 달콤한 빵과 비슷할지도 모르겠다. 아무튼 스위트브레드는 전 세계 미식가들이 좋아하는 식재료라고 한다.

아직 다 크지도 않은 어린 동물을 잡아 췌장, 흉선을 빼내 요리한다는 데 격분할 수 있지만, 원래 사람은 잡아먹을 수 있는 동물이라면 나이를 가리지 않는다. 사실 그건 동물의 세계도 마찬가지로 사냥하기 쉬운 상대를 주로 노리는데, 그중에는 당연히 새끼가 들어간다. 하지만 야생 동물과 달리 인간은 잡기 쉬워서 어린 동물을 잡아먹는 게 아니라 맛 때문에 그렇게 한다. 영어에 소고기는 beef, 송아지고기는 veal, 그냥 양고기는 mutton, 어린 양고기는 lamb이라는 단어가 별도로 존재하는 것만 봐도 알 수 있다.

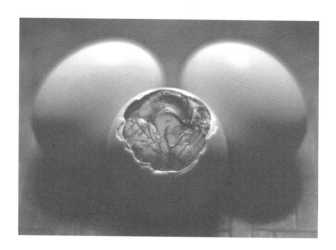

❋ 발룻

어린 것을 잡아먹는 건 그나마 양반이고, 심지어 아직 아기로 태어나지도 않은 상태인데 삶아버리기도 한다. 당연히 먹기 위해서이다. 대표적인 예로 필리핀이나 중국 등에서 부화하기 직전의 오리알을 삶은 balut(발룻이라고 읽는다)을 들 수 있다. 눈, 부리, 날개에 깃털까지 선명해 이제 곧 알을 깨고 아기오리가 될 준비를 마친 게 확실하지만, 삶아졌기 때문에 영원히 아기오리가 될 수 없는 비운의 오리알 요리이다.

'발룻을 보고 놀라 자빠질 뻔했다.'는 사람도 있긴 하지만, 솔직히 복날 삼계탕 식당에 가보면, 병아리는 겨우 벗어났지만 다 큰 닭이라고 하기는 좀 뭣한, 정말 손바닥 안에 들어가는 크기의 닭이

한 마리랍시고 넓은 뚝배기에 담겨 나오는 걸 다들 보았을 것이다. 개인적으로 어린 걸 잡았다며 식겁하는 손님은 못 보았고, 새끼 닭이라 뜯어 먹을 살이 있네 없네 하면서 불평하는 경우는 본 적이 있다.

그리고 췌장, 흉선 같은 내장 기관을 먹는다며 식겁할 필요도 없다. 솔직히 혀, 뇌, 피, 생식기까지 먹는데 그깟 췌장 좀 먹는 게 무슨 대수인가! 실제로 오래 생각할 것도 없이 그리고 너 나 할 것 없이 전 세계적으로 진짜 다양한 부위를 즐겨 먹는다. 소 혀, 원숭이 뇌 등은 싫증이 날 만큼 널리 알려져 있으니 제쳐두겠다.

우리나라만 해도 돼지의 발을 즐겨 먹는다. 발이라는 것이 맛있거나 먹고 싶은 부위로 여겨지기가 쉽지 않은데, 처음 돼지의 발을 조리해서 먹은 사람은 아마도 굴을 최초로 먹어보겠다고 나선 사람만큼이나 도전 정신이 남다르지 않았나 싶다. 돼지발도 발이라서 발 냄새가 나는 건 당연하다. 태산이 높다 한들 안 오르면 그만이고, 발 냄새가 진동하면 안 먹으면 그만이지만, 굳이 돼지의 발을 먹기 위해서 이런저런 향신료를 잔뜩 넣어 돼지 발 특유의 비호감 냄새를 없애고 숨겨서 먹는다. 족발을 좋아하는 사람은 쫄깃한 식감도 일품이지만 돼지 껍데기에 피부에 좋다는 콜라겐이 많다며 족발을 먹지 않을 수 없는 이유를 들이대기도 한다. 콜라겐이 많은 건 사실이지만 족발의 콜라겐은 고분자라 체내 흡수는 잘 안 되고,

지방과 칼로리가 높아 아름다운 피부는 고사하고 비만이 되기 쉽다는 건 잘 알려진 사실이다. 피부를 위해 할 수 없이 먹는다는 새빨간 거짓말은 집어치우고 맛있어서, 먹고 싶어서 먹는다고 솔직해지는 게 좋겠다.

동물의 '발 요리'를 말할 때 빼놓을 수 없는 게 닭발일 것이다. 먹을 게 얼마나 된다고, 뼈다귀에 껍질만 씌운 닭발을 굳이 먹겠다고, 역시 특유의 냄새를 없애고 가리기 위해 입안은 물론이요 위장까지 열불 나게 만드는 매운 소스로 범벅을 해놓는단 말인가! 하지만 매운 닭발 역시 없어서 못 먹는 별미이다. 불닭 소스라는 건 매운 양념인데, 너무 매워서 '매운 고추를 매운 고추장에 찍어 먹는 한국인'조차 눈물 콧물이 줄줄 나올 정도이다. 매운맛, 짠맛, 단맛 등 혀와 위장을 마비시킬 강력한 맛을 총동원한 소스로 범벅을 한 닭발 요리가 바로 불닭이다. 닭발은 중국 등 외국에서도 먹는 부위인데, 혼을 쏙 빼놓을 정도로 맵게 요리하는 건 우리나라뿐이다.

⊛ 족발 한 접시

⊛ 닭발 요리

그리고 동물의 발 요리로 중국에서 별미로 손꼽히는 곰 발바닥도 빼놓을 수 없다. 꿀을 좋아하는 곰은 앞발로 벌집을 자주 건드린다. 그러면 꿀벌이 발바닥을 쏘기도 하는데, 그 바람에 곰 발바닥에는 꿀이 많이 묻을 수밖에 없다. 그래서 곰 발바닥 중에서도 뒷발보다 앞발이 더 맛있는 발이라고 한다.

발만 먹는 게 아니다. 소머리 국밥은 소의 머리를 끓인 국 맞다. 실제 소의 머리 고기가 들어간다(돼지가 흔한 우리나라는 돼지머리를 먹는데, 돼지보다 양이 흔한 유럽에서 양의 머리를 잘라 양의 얼굴 그대로 요리해 먹기도 한다). 꼬리곰탕은 소의 꼬리를 끓인 국 맞다. 실제 소의 꼬리가 들어간다. 도가니탕은 소의 도가니를 끓인 국으로 소의 무릎뼈가 바로 도가니이다. 우족탕은 '소(우牛)+발(족足)'로 실제 소의 발을 오래오래 끓인 곰탕이다. 참고로 곰탕에는 곰 고기가 들어가지 않는다. 곰탕의 '곰'은 고기나 뼈를 무르도록 약한 불에 오래 끓인다는 의미의 '고다'에서 나온 표현이다.

피도 먹는다. 돼지나 소의 피를 굳힌 선지로 끓인 국인 선짓국이다. 대만에서는 오리 피로 끓인 국이 널리 사랑받는데, 우리나라 선지처럼 젤리 형태로 굳힌 오리 피가 들어간다. 중국의 blood curd(피두부)가 우리나라 선지와 아주 유사하다. 보통 돼지의 피로 만들기 때문에 pig blood curd라고 한다. 'pig(돼지)+blood(피)+curd(응고된 덩어리)'인데, 우유에 식초나 레몬즙을 넣으면 몽글몽글 덩어리가 지는데 이를 curd라 한다. bean curd는 콩물에 간수를 넣으면 몽글몽글 덩어리가 지는데, 여기에서 수분을 빼낸 게 두부라서 tofu 또는 bean curd라고 부른다. 순대에도 돼지의 피가 들어가는데, 피를 먹는 건 전 세계 음식 문화에서 두루 볼 수 있다. 영국의 순대 격인 black pudding(블랙푸딩)은 돼지 피와 곡류를 넣은 일종의 소시지이다.

그리고 다들 알고 있지만 모른 척하고 싶은 사실 중 하나를 말해보자. 햄버거의 고기 패티나 소시지와 햄에 들어가는 고기가 등심, 안심 이런 게 아니라는 것 말이다. 귀, 코, 볼 등 따로 떼어먹기 힘들거나 맛있지 않은 부위의 살점을 모아 잘게 다져서 만든 것이 많다. 귀, 코 이런 거 어떻게 먹나 싶지만, 눈알도 먹는데 귀나 코를 못 먹는다면 그게 더 이상한 일일 것이다. 굴비, 조기를 구워 놓으면 눈알을 쏙 빼 먹는 사람을 간혹 본다. 맛이 있어서가 아니라 재미로 먹는다는 사람도 있고, 물고기 눈알을 먹으면 시력이 좋아진다고 믿는 사람도 있다. 실제 생선 눈알에 눈 건강에 유익한 비타민 A와 DHA가 꽤 들어 있지만, 생선 눈알을 많이 먹는다고 시력이 좋아지는 건 아니다. 일본에서는 거대한 참치를 잡으면 살은 회를 뜨고, 눈알치고 상당히 거대한 눈알은 따로 포장해서 판매한다. 참치 눈알을 좋아하는 사람은 '아주 그냥 끝내줘요' 노래를 부른다고.

모든 생선 눈알을 다 먹을 수 있는 건 아니다. 이를테면 동물

중 가장 큰 눈알을 가진 대왕오징어 눈알은 거의 농구공 정도의 크기로 혼자 먹기도 힘든 푸짐한 대용량이지만, 먹지 않는다. 사실 대왕오징어는 눈은 말할 것도 없고 살도 먹지 않는다. 일단 잡을 수가 없어서 돈을 많이 준다 해도 구하기가 힘들다. 또 심해 생물이라 아직 시원하게 밝혀지지 않은 부분이 많아 간혹 사체가 바닷가에 떠밀려 오면 박사님들이 득달같이 달려와 재빨리 연구실로 모셔간다. 그리고 누가 먹어봤는지 모르지만, 대왕오징어의 살은 구할 수 있다고는 해도 먹기 힘들 만큼 맛이 없다고 한다.

이렇듯 다양한 부위를 먹기도 하고, 다양한 내장 기관도 '거의' '죄다' 먹는다 할 정도로 먹는다. '죄다'라면 도대체 얼마만큼이 죄다일까?

전래동화 〈여우 누이〉에 보면 여우 누이가 밤에 외양간에 가서

식구들 몰래 동물의 간을 빼 먹는 장면이 나온다. 그냥 '간을 빼 먹었나 보다.'는 정도로 대충 넘어가고 싶은 어린이 독자들이 꽤 많을 텐데, 저자는 친절하게도 여우 누이가 소, 돼지의 똥구멍에 손을 넣어 간만 빼어 먹었다며 간을 빼낸 방법을 구체적이고 소상히 알려주어 책을 읽다 기겁한 어린 독자들이 적지 않다. 친절조차 지나치면 좋지 않다는 걸 잘 보여주는 예로, 알고 싶지 않은 정보란 바로 이런 게 아닌가 싶다.

아무튼 여우 누이만 그런 게 아니라 동서양을 막론하고 동물의 간은 사람이 먹을 수 있는 내장 기관이다. 다른 동물 부위와 마찬가지로 간도 냄새가 좋지 않아서 비린 맛을 어떻게든 가려보고자 우리나라에서는 참기름이나 들기름을 뿌려 먹는다.

놀랍지 않게 닭의 간도 먹는다. 소나 돼지의 간이 아마도 가장 친근할 것이다. 순대집에서 파는 '간'이 실제 돼지의 간이다. 또 순대 집에서는 염통, 오소리감투, 허파 등도 파는데, 허파는 우리가 아는 그 '허파'이고, 염통은 심장, 오소리감투는 위장이다(오소리감투라는 귀엽고 재미진 이름은 돼지의 위장에만 쓰이고 다른 동물 위장에 쓰지 않는다). '닭 염통 꼬치구이'라는 요리의 '염통' 역시 닭의 심장이다. 대창은 소의 큰창자, 곱창은 소의 작은창자이고, 양곱창은 양이라는 동물의 작은창자가 아니라 '소의 작은창자 중 깃머리 부분'이라고 나온다. 그러니까 양곱창도 소의 창자 종류이다. 돼지 창자는 소창, 대창, 막창 등으로 불리는데 당연히 먹을 수 있고, 칼로리

폭탄이라 불릴 정도의 가공할 칼로리에도 불구하고 없어서 못 먹는 부위이다. 이렇게 사람은 췌장뿐 아니라 웬만한 내장 기관은 어지간해서는 다 먹는다고 할 수 있다.

'간을 먹은 이야기'라고 하면 북극 탐험대원 사망 사건을 빼놓을 수 없다. 1900년대 이전, 북극 탐험에 나선 서양의 탐험대원들은 북극 현지에서 식량을 조달하기 위해 북극곰을 사냥해서 먹었다. 그런데 일부 대원들이 중독증상을 보이거나 사망하는 경우가 종종 발생했다. 원인은 살코기가 아닌 간이었다. 탐험대원들은 북극곰의 간을 생으로 먹지 않고 다른 내장들과 함께 끓여서 탕으로 먹었다는데, 단순한 구토, 두통 증상에서부터 온몸의 피부가 벗겨지는 증상까지 보였다. 조사 결과, 이는 급성 비타민 A 과잉증으로, 북극곰의 간에 비타민 A가 유난히 진하게 농축되어 있다는 것이 원인이었다.

북극곰 외에도 넙치의 간 역시 비타민 A가 굉장히 진하다고 한다. 알래스카에서 성인만큼이나 아주 큰 넙치를 잡으면 살만 발라 먹어야지, 넙치의 간까지 먹으면 역시 급성 비타민 A 과잉증으로 사망할 수도 있다니까 알래스카에서 아주 큰 넙치를 잡으면 간은 먹지 않는 게 좋겠다. 그 비싼 알래스카행 비행기표를 사서 얼어 죽기 직전의 혹한을 견디며 대단히 큰 넙치를 잡을 수 있다면 말이다.

이렇듯 사람은 어린 동물, 늙은 동물 가리지 않고 껍질에서 살코기, 뼈, 내장 기관까지 죄다 먹기 때문에 췌장을 먹는 건 특이하거나 이상하다고 할 수 없다. 다만 왜 굳이 '스위트브레드'라는 이름을 붙였나 살짝 의아할 수는 있겠다. 개인적으로 우리나라에서 닭똥집을 모래집, 모래주머니라고 부르는 것과 비슷한 경우가 아닌가 싶다. 일단 우리가 먹는 '닭똥집'은 '닭의 똥이 나오던 부위의 근육'이 아니라 닭의 위장이다. 닭은 이빨이 없어서 먹이를 그냥 삼키고 위장이 알아서 소화를 시키는데, 닭이 소화를 돕고자 모래알을 간혹 먹기도 한다. 그래서 닭의 위장을 모래집, 모래주머니라고 한다.

똥과 직접적인 관련이 없지만 '닭똥집'이란 표현이 대번 밥맛을 떨어뜨려 그 맛있는 닭똥집을 먹을 때 애로사항이 많다며 모래집, 모래주머니로 표현하는 사람도 많다. 물론 닭똥집이라는 단어가 입에 착 붙기 때문에 목에 칼이 들어와도 닭똥집이라 부르는 사람도 적지 않다.

'모래' 이미지 역시 '맛있음'의 이미지와 맞지 않기 때문에, 여기서 더 나아가 '근위'라는, 사전을 찾아보지 않으면 이게 '닭똥집'이라는 걸 절대 알 수 없는, 다소 멋있고 몹시도 사기성 짙은 이름으로 불리기도 하는데, 스위트브레드도 이와 비슷한 경우가 아닐까?

사실 학교 다닐 때 놀거나 졸지 않고 한자 공부를 좀 했다면 '근위(筋근육 근, 胃위장 위)'가 위장이라는 걸 알 수 있다. 결과적으로 한자에 일자무식한 사람만이 닭의 항문인 줄도 모르고 '근위'

표현에 속았다며 분노할 뿐이다. 물론 닭똥집은 닭의 항문이 아니라 위장이지만 말이다. '닭똥집'보다 '근위'가 더 정확하고 맞는 표현인데, 애초에 왜 밥맛 떨어지는 '닭똥집'이라는 표현을 쓰게 되었는지 의아하다.

'곰발바닥 요리' 역시 웅장(熊 곰 웅, 掌 손바닥 장)이라는 다소 멋있고 당최 뜻을 알 수 없는 표현으로 불리는 건 '발바닥'과 '맛있음'의 어울리지 않는 조합을 어떻게든 가려보려는 야로인가 의심해볼 수 있다. 물론 '웅장'이 '곰발바닥'(구체적으로 앞발이 맞난 부위이므로) 중 앞발을 손바닥으로 받아 한자 그대로 옮긴 것이므로, 한자에 일자무식한 사람에게만 해당하는 의심일 것이다.

참고로 앞서 나온 '오소리감투'에 대해 한마디 하자면, 이는 '돼지의 위'로 띄어 쓰지 않는 한 단어이다. 오소리의 털가죽으로 만든 머리에 쓰는 감투가 원래 있다는데, 만약 그런 모자 종류를 일컫는 경우라면 '오소리'와 '감투' 사이를 띄어 써야 할 것이다. 아무튼 오소리감투가 일종의 모자에서 어쩌다 돼지의 위장을 뜻하게 되었는지는 확실하지 않다. 다만 돼지 위장이 쫄깃하고 또 고소해서 오래전부터 내장 중 인기가 있다 보니, 돼지를 잡으면 위를 몰래 빼돌리는 경우가 많았다고 한다. 오소리라는 동물이 굴에 살기 때문에 찾아내기 힘들다는 의미와 돼지 위가 감투와 비슷한 모양이라서 오소리감투가 돼지 위장으로 불린다는 설이 있으나, 그저 설일 뿐이다.

서양에서 어린 동물의 췌장을 sweetbread라는 생뚱맞고 사랑스러운 이름으로 부른다면, 우리나라는 돼지의 위장을 오소리감투라는 생뚱맞고 앙증맞은 이름으로 부른다고 할 수 있겠다.

panacea

앞서 나온 췌장(pancreas)과 철자가 살짝 비슷하여 혼동될 수도 있으므로 주의한다. pancreas나 panacea 모두 시험에 안 나올 거 같은 단어이다. skete처럼 시험에 절대 안 나올 거라 장담할 정도는 아니지만, 거의 장담하고 싶은, 안 나올 거라 확신이 드는 단어이다.

이 단어를 쉽게 표현한 유의어로 cure-all이 있고, 어렵게 표현한 유의어로 elixir가 있다. 'cure(치료하다)+all(모든)'이니까 딱 봐도 '만병통치약'이라는 걸 눈치챌 수 있다. elixir는 철자만 봐서는 의미를 유추할 수 없기에 '어려운 유의어'라고 했지만, '엘릭시르' 또는 '엘릭서' 등으로 발음하는 단어로 주위에서 종종 보았을 것이다. 〈Elixir〉라는 영화도 있고, 기타 줄 브랜드 중에 Elixir라는 게 있고, 화장품 종류로 elixir라는 제품을 의외로 여럿 찾을 수 있다. elixir의 의미가 만병통치약임을 생각할 때, 화장품의 경우 '이거 하나 바르면 모든 종류의 피부 문제 해결 쌈가능'과 같은 어감을 소비자에게 심어주려는 의도가 엿보인다. 하지만 elixir라는 단어가 박힌 화장품을 써본 적이 없으므로 실제 그런지 아닌지 직접 확인한 바는 없다.

cure-all, elixir와 같은 의미의 panacea 역시 '만병통치약'이다. 의미는 다르지만 시험이나 영화 혹은 드라마에서 종종 만나는 snake oil 표현과 헷갈릴 수도 있는데, snake oil은 '뱀의 기름'이 아니라 '가짜 약, 엉터리 물건'을 뜻한다. 원래 중국 상인들이 오메가3가 풍부한 특정 종류의 뱀 기름으로 만든 관절약을 미국에 들여와 판매했으니까 실제 존재했던 약이다. 원조 중국산 뱀 기름은 어느 정도 효

● 흰색과 붉은색 호랑이 연고

과가 있는 진짜 약이었는데, 이 약의 유행으로 뱀 기름, 오메가3가 조금도 들어 있지 않고 효과도 없는데 snake oil이라는 라벨을 붙인 가짜 약이 판을 치자 안타깝게도 snake oil은 가짜 약, 엉터리 물건 이라는 치욕적인 의미의 단어가 되었다. 원조 뱀 기름 입장에서 억 울하고 분통 터지는 일이 아닐 수 없다.

　개인적으로 panacea와 snake oil 두 단어를 보면 대번 호랑이 기 름이 떠오른다. 지금도 판매되는 제품으로 타이거 밤(Tiger Balm)이 나 타이거 밤 릴리프(Tiger Balm Relief)로 불린다. 우리나라에서는 '호랑이 연고'나 '호랑이 기름'으로 알려져 있다. 오래전 우리나라에 서는 많은 어르신이 거의 모든 질병에 호랑이 기름을 바르셨다고 한다(물론 그렇지 않은 분도 있다). 실제 호랑이 기름에 대한 애정과 신뢰가 과했던 분들은 만병통치약으로 사용했는데, 모든 종류의 피 부질환과 근육통에 바른 건 말할 것도 없고, 머리 아프면 이마에 바르고 배 아프면 배에 바르기도 했다.

실제 호랑이 기름을 바른 부위의 혈액 순환이 개선되고 근육이 이완되어서, 근육통이나 관절염 같은 통증 및 염증에 효과가 있다. 벌레 물린 곳, 가려운 곳에 발라도 좋다. 파스와 비슷하기도 하고 다르기도 한 이상야릇한 냄새가 나는데, 파스와 같은 효과를 낸다고 보면 된다. 두통일 때 머리에 발랐다는 것도 얼토당토않은 이야기는 아니다. 두통일 때 양쪽 관자놀이에 조금 바르고 마사지를 해주면 두통에 효과를 볼 수 있고, 비염인 사람이 코의 안쪽에 살짝 바르면 코가 막혔을 때 도움이 된다고 한다. 이 정도면 '거의' 만병통치약(panacea)이라 해도 될 정도 아닐까?

이름 때문에 오해의 소지도 있다. '호랑이 기름'이니까 실제 호랑이 몸에서 짜낸 기름이냐 하면 그렇지 않다. 뱀 기름처럼 솔직 담백한 직선적인 이름이 아니고, 호랑이 기름은 장뇌, 정향, 멘톨, 계피, 유칼립투스 오일, 고추 등으로 만든 외용 연고이다. 즉, 먹으면 안 되고 바르기만 해야 한다. 재료나 원료가 호랑이라는 의미가 아니라 제품 라벨에 호랑이 그림이 있어서 통념처럼 굳어진, 일종의 브랜드명이라고 볼 수 있다. '거의' 만병통치약이다 보니 중국, 대만, 베트남 등 아시아를 여행하면 하나씩 사 오는 인기 여행 선물이기도 하다. panacea와 snake oil 표현을 보면 호랑이 기름이 생각나는 이유는, 확실하고 완벽한 만병통치약은 아니지만 (사실 그런 건 세상에 없지만) '거의' 만병통치약이기 때문이고, snake oil처럼 '기름' 표현이 들어간 탓이다. snake oil은 가짜가 판치는 통에 약효가 없는 '가짜 약'으로 통용되는 데 반해, 호랑이 기름은 오래전부터 아는 사람은 꾸준히 애용하는 가정상비약에 속한다.

snake oil도 아니고 '거의' panacea임에도 불구하고 호랑이 기름의 인기가 예전 같지 않은 것은 아마도 좀 더 세부적이고 구체적인 상황에 맞게 사용하는 약이 종류별로 많이 나오다 보니, '거의' 만병통치약보다는 전문적인 약을 선호하는 경향이 강해졌기 때문이 아닌가 싶다. 타박상에도, 비염에도, 두통에도 같은 약을 사용한다는 게, 특히 약국이 한 집 건너 하나인 도시인들의 눈에 호랑이 기름은 snake oil로 보일 가능성도 없지 않다.

사실 의학, 약학, 과학이 지금만큼 발달하지 않았던 과거에는 호랑이 기름 외에도 '거의' 만병통치약에 준하는 약들이 꽤 있었다. 대표적인 예가 토마토이다. 토마토는 미국에서 1800년대 초기까지는 먹으면 안 되는 식재료에서 이제는 건강을 위해 반드시 매일 먹어줘야 하는 식재료로 극단적인 탈바꿈에 성공했다. 토마토의 건강상 이점을 널리 알리는 데 공이 큰 사람으로 의사 존 쿡 베네트(Jon Cook Bennett)를 꼽을 수 있다. 그는 토마토가 설사를 멈추는 데 좋고, 소화 불량을 완화시키며, 구토 증상에도 효과적이라고 하면서 날로 먹든 소스로 먹든 피클로 먹든 건강에 다 유익하다고 설파했다.

이후 토마토의 건강상 유익이 널리 퍼지다가 다소 과열되는 양상을 보이는가 싶더니 기어이 토마토 알약(tomato pills)이 등장하고야 말았다. 그리고 토마토 알약은 1800년대 초중반 미국 전역을 휩쓸 만큼 대유행했다. 수영의 황제 펠프스와 성이 같은 의사 펠프스(Dr. Phelps)의 토마토 알약 광고지를 보면 '거의' 빼고 그냥 만병통치약이다. 광고지에 의하면, 수많은 실험과 조사를 성공적으로 통과하였으며 수많은 의사에 의해 약효가 증명된 그의 토마토 알약이 효과를 볼 수 없는 질병은 '없다'고 할 수 있다. 두통(headache)은 기본이고, 무슨 병인지도 모르겠는 연주창(scrofula)에

서부터 위산(acid stomach), 소화불량(dyspepsia), 구토(bilious disease) 같은 모든 위장 관련 질환, 기침(coughs), 감기(colds), 독감(Influenza) 등 모든 종류의 감기, 그리고 황달(jaundice), 류마티즘(Rheumatism), 내분비샘 붓기(glandular swellings)에 이르기까지 그야말로 '쌉가능'이다. 이게다가 아니다. 토마토 알약은 모든 종류의 전염병(contagious and epidemic disease: 일반 전염병과 코로나19처럼 급속도로 퍼지는 유행

❋ 펠프스 박사의 토마토 알약 광고

병)에 대한 해독제 효과까지 갖추었기 때문에, 명실공히 (수술을 제외한 모든 질병에 대한) 만병통치약이라 해도 전혀 손색이 없다고 하겠다. 광고지에 의하면 그렇다는 것이다.

이런 광고지를 만들었다면 사기꾼이 분명할 거 같지만, 펠프스는 예일대학 출신의 의사(Dr. Guy R. Phepls)였다. 사실 그가 토마토 알약 복합물(Compound Tomato Pills)을 출시하기 전, '마일즈 박사의 토마토 복합 추출물(Dr. Miles' Compound Extract of Tomato)' 제품이 토마토 알약 유행의 시발점이었다. 펠프스가 이름도 광고 내용도 거의 똑같은 토마토 알약을 출시했다는 사실에 격노한 마일즈는 펠프스의 알약은 자신을 따라 한 것뿐이라며 자기가 만든 마일즈 제품이 진짜이고 펠프스의 알약은 가짜라고 주장했다. 당연히 펠프스도 가만히 있지 않았다.

토마토 알약 시장 규모가 커지면서 둘의 토마토 알약 경쟁은 피 튀기는 전쟁을 방불케 했다. 여기서 예상하지 못한 기가 콱 막히고 말문도 콱 막히는 사실이 하나 있는데, 이들의 토마토 알약을 분석한 앤드류 스미스(Andrew F. Smith)에 의하면 알약에 토마토 성분이라고 할 만한 게 전혀 없었다는 점이다. 뭐 하자는 것인가 입이 쩍 벌어지는 지점이다. 그런데 토마토 알약을 먹고 온갖 병이 싹 사라지는 마법을 경험한 고객들의 (거의 종교 간증에 가까운) 리뷰가 이어졌다는 점도 입이 쩍 벌어지지 않을 수 없다. 이에 대해 스미스는 플라시보(placebo) 효과, 즉 약 효과를 절대적으로 신뢰하며 먹은 탓에 실제 몸이 긍정적인 반응을 보인 위약효과라고 단정했다. 즉 정신승리의 일환이라는 것이다.

그가 위약효과라고 단호하고도 시원하게 단정할 수 있었던 건, 알약 안에 해로운 건 없었지만 기본적으로 알약은 배변을 돕는 완하제였기 때문이다. 마일즈나 펠프스 모두 그들의 토마토 알약이 피를 깨끗하게 한다고 광고했는데, 아무래도 잘 먹고 잘 소화시키고 잘 배출하면 혈액을 포함해서 건강에 나쁠 게 없을 것이다. 하지만 요즘 기준으로 이는 단순 과장, 과대광고가 아닌 허위 광고로 불법행위에 속한다.

둘의 경쟁은 엄청나게 과열되었다가 1800년 중반에 갑자기 중단되었다. tomato pill craze(craze: 일시적인 대유행)라 표현할 정도였다가, 판매 실적이 급격히 하락하면서 굳이 전쟁 치르듯 경쟁을 할 필요가 없어졌기 때문이다. 토마토 알약이 없으면 생명 유지가 불가능할 것처럼 시뻘건 거짓말로 허위 광고를 쏟아내더니, 두 사람은 은근슬쩍 각자 다른 사업으로 눈을 돌렸고 이후에도 잘 먹고 잘 살았다고 한다. 불법의 경계를 넘나들 정도로 과도하게 탁월한 홍보 능력이 있으니 다른 사업도, 아니, 무슨 사업이라도 잘했을 것이다.

토마토 알약이라는 게 생소해 보일 수 있는데, 이는 지금도 쉽게 찾을 수 있고 구매할 수 있다. 토마토에 풍부한 라이코펜을 알약 형태로 만든 것으로 '토마토 알약'이라고 검색하면 많이 나온다. 토마토 알약이 1800년대 초반처럼 panacea로 홍보되는 건 아니지만, 강력한 항산화 성분인 라이코펜이 항암에도 효과가 좋다는 건 실제 과학·의학적으로 증명된 사실이다.

토마토 성분 하나 없이 토마토 알약을 대유행시킨 사건도 기가 차지만 사실 과거에는 이와는 비교할 수도 없을 만큼, '아연실색'이란 표현이 무색할 만큼, 기가 차고 기가 막힌 경우가 많았다. 특히 마약류의 위험성에 대해 인지하지 못해 코카인, 모르핀, 아편 등이 불법이 아니던 1800년대 당시 마약류는 panacea 대접을 받았다.

Cocane Toothache Drops   코카인 치통 사탕약

Instantaneous Cure!   즉각적인 치료효과

Price 15 Cents   가격 15센트

Prepared by Lloyd Manufacturing Co.   로이드 제조 회사

For sale by all druggists   모든 약국에서 판매 중

사탕처럼 입에서 녹여 먹는 일종의 약을 drop이라고 하는데, 기침이 나올 때 입에 물고 있으면 기침이 잦아드는 cough drop은 지

금도 흔하다. 광고지의 이 약은 치통약인데, 식겁하게도 코카인이 주성분이고, 기겁하게도 광고지에 아이들이 등장한다. 이 광고지 문구 중 '즉각적 치료 효과(instantaneous cure)'는 성분을 감안할 때 과장되지 않은 매우 진실한 문구가 아닌가 싶다.

Snorting? 코로 흡입하나요?

Sprinkle it in your smoke or snort it!
이것을 담배에 뿌리거나 코로 흡입하세요.

Cokesnuff is tobacco. 코카인킁킁은 담배입니다.

Menthol & Fragrance… 멘톨과 향기…

Ask for it at your headshop - 75 cent per tin
마약 상점에 문의하세요. 한 캔 당 75센트

Discover the cokesnuff rush 코카인킁킁 유행을 알아보세요.

For cokesnuff 코카인킁킁의

'Starter Kit' 입문자 제품 세트를 주문하려면

(4 assorted tins) (종류별 4캔 구성)

Send $3.00 to 다음 주소로 3달러를 보내세요.

…

Please state age - Must be 18 years or older 연령을 표시 하세요 -
18세 이상이어야 합니다.

담배를 말아 피우는 사람은 거기에 섞고, 아니면 아예 코로 흡입하라고 되어 있는 이 제품은 담배 종류라서 18세 이상만 주문이 가능하다. 그리고 놀랍지 않게도 마약 관련 제품을 판매하는 headshop에서 구매할 수 있다. 마약이라서가 아니라, 담배라서 18세 이상만 주문이 가능하다는 게 현재 기준으로 몹시 괴이하다.

1870년대 코카인 같은 마약류가 불법이 아니어서 대놓고 광고하며 버젓이 판매하던 시기에 코카인은 살 빼는 약으로도 등장한다.

The Great Remedy for Corpulence 대단한 비만 치료제
Allan's Anti-Fat   알랜의 항비만

광고문구가 매우 길어서 강조된 문구만 소개해보자면 다음과 같다.

It will reduce a fat person from two to five pound per week.
이것은 비만한 사람을 일주일에 2-5파운드 감량시킬 것입니다.

ANTI-FAT

The Great Remedy for Corpulence

ALLAN'S ANTI-FAT

Is composed of purely vegetable ingredients, and is perfectly harmless. It acts upon the food in the stomach, preventing its being converted into fat. Taken in accordance with directions, **it will reduce a fat person from two to five pounds per week.**

"Corpulence is not only a disease itself, but the harbinger of others." So wrote Hippocrates two thousand years ago, and what was true then is none the less so to-day.

Before using the Anti-Fat, make a careful note of your weight, and after one week's treatment note the improvement, not only in diminution of weight, but in the improved appearance and vigorous and healthy feeling it imparts to the patient. It is an unsurpassed blood-purifier and has been found especially efficacious in curing Rheumatism.

CERTIFICATE.—I have subjected Allan's Anti-Fat to chemical analysis, examined the process of its manufacture, and can truly say that the ingredients of which it is composed are entirely vegetable, and cannot but act favorably upon the system, and is well calculated to attain the object for which it is intended. W. R. DRAKE, *Analytical Chemist.*

Sold by all druggists, or sent, by express, to any address, upon receipt of $1.50, quarter-dozen $4.00, or half-dozen for $7.50. Address,

BOTANIC MEDICINE CO.,

❁ **알랜의 항비만제 광고**

❁ **코카인 포도주 광고**

corpulence는 '비만'이라는 의미로 fat(뚱뚱) 대신 사용되곤 하는데, 이 광고지에서는 두 단어가 모두 사용되었다. 항비만(anti-fat) 약이 항혜성 약(anti-commet pill)만큼이나 어처구니없는 이유는 약의 주성분이 코카인, 모르핀, 알코올이기 때문이다.

코카인을 포도주 형태로 만들어 의약품처럼 판매한 사례도 있다.

Coca Wine   코카인 포도주

For fatigue of mind and body   정신과 신체의 피로

neuralgia, sleeplessness, despondency   신경통, 불면증,

낙담에 효과

이 와인을 마신다고 해서 신경통과 불면증이 없어지거나 치료되는 것은 아니다. 다만 느낄 수 없게 될 따름이지만 아무튼 피로감이든 통증이든 느끼지 못하면 없어지는 것으로 간주해버렸다. 그리고 낙담 혹은 상심이라는 뜻의 despondency은 병도 아닌데 왜여기 등장하는 것인지 매우 황당하다. 물론 코카인 광고이기 때문에 병이든 심리 상태든 광고지 쓰는 사람 마음대로 아무거나 막 써도 상관없지만 말이다.

Heater Halls   헤더 홀스

Cocaine Candy   코카인 사탕

Guaranteed to deaden that sweet tooth
단 음식 선호를 줄여줄 것을 장담합니다.

The lick that lasts   오랫동안 빨아 먹습니다

어린아이가 막대사탕 같은 걸 빨아 먹는 그림이 광고지 전면에 등장하는데, 사탕 대신 물려주라며 적극적으로 권고하는 게 바로

코카인이다. 차라리 일반 사탕을 먹고 이가 몽땅 썩는 게 낫지 않나 싶다. 코카인 막대사탕의 맛이 여러 가지라는 건 흥미로운데, 그 종류에 spinach(시금치), mushroom(버섯), horehound(야생박하), kumquat(금귤), poppy(양귀비), hemlock(독미나리) 맛이 있다는 것이 신기함을 넘어 공포심에 오금이 저리고 다리가 후덜덜 떨릴 지경이다.

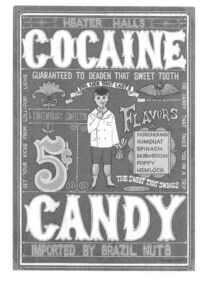

❋ 코카인 캔디

아이들 대상인데 (물론 코카인 사탕이라는 거 자체가 아이, 어른 할 것이 어느 누구를 대상으로 해서는 안 되겠지만) '시금치'와 '버섯' 맛이 있다는 데 뜨억! 소리가 나온다. 그러나 양귀비 맛도 있는데 그깟 시금치, 버섯 맛 따위는 놀랄 문젯거리도 안 된다. 하지만 양귀비 맛조차 독미나리 맛 앞에서는 귀엽다고 할 수 있다. 양귀비는 먹고 즉사하지는 않지만 (물론 양귀비 맛 코카인 사탕에 중독되면 결국 사망에 이르겠지만) 독미나리는 맹독성분이라 조금만 먹어도 사망에 이르기 때문이다. 독미나리가 괜히 독미나리라 불리는 게 아니다. 다만 실제 독미나리의 맹독성분이 들어갔는지는 확인이 불가하다. 독미나리가 먹으면 죽지만 맛은 좋아서 독미나리 맛만 낸 코카인 사탕일 수도 있는지 모르겠다. 그렇다 해도 독성분이 없는 독미나리 맛 코카인 사탕의 사악함이 조금이라도 줄어들거나 희석되는 건 아닐 것이다.

더 경악스러운 점은 이어지는 광고에 비하면 지금까지는 약과라는 사실이다. 다음 광고를 보라.

Mrs. Winslow's Soothing Syrup   윈슬로우 부인의 진정시럽
The mother's friend   어머니의 친구
For children teething   젖니가 나는 아이들을 위해

광고지 그림만 보면 이보다 평화로울 수가 없다. 아기에게 시럽을 먹이는 엄마와 이를 바라보는 (아마도 본인들도 어렸을 때 이 시럽을 먹었을 게 분명한) 두 딸의 모습이 전면에 등장한다. 사랑스러운 그림으로 광고하는 제품은 달콤한 시럽으로 주재료는 설탕과 모르핀이다. 1885년 광고인데, 당시 아기가 이가 날 때 침을 질질 흘리거나 칭얼대면 모르핀을 먹인 모양이다. 아기 이가 나는 시기가 생후 6개월에서 2년까지니까 이 어린 시기에 진정 시럽을 먹여 (아기가 모르핀에 중독되기도 전에) 사망하는 경우도 있지 않았을까 싶다. 먹고 자고 싸고 울면서 건강하게 크는 건 아기가 마땅히 해야 할 아기의 사명이자 본업인데, 참으로 이보다 더 경악스러울 수는 없을 듯하다.

panacea

아기를 달래는 시럽

나도 너만 할 때 먹었어!

그런데 놀랍게도 그보다 더 경악스러운 일도 있다. laudanum 광고지를 보면, 환하게 웃는 아기가 laudanum 병을 입에 물고 있다. laudanum을 사전에 검색하면 '아편 팅크제'라고 나온다. 이게 뭔가 하면 모두의 예상대로 아편이다. 중독성이 얼마나 강한지 청나라가 망할 지경에 이를 정도로 폐해가 극심했다는 그 아편 맞다. 설마 이 가련한 아기도 이가 나는 시기여서 마약을 먹지 않을 수 없었던 것일까? '이가 나는 시기(teething)'라는 극악무도한 변명은 이 광고지 맨 위 광고문구에 비하면 그나마 나은 편이다. 아기에게 왜 젖병이 아닌 아편을 물려야 하는지에 대한 설명 격인 맨 위 광고문구를 보면, 입이 찢어지도록 쩍 벌어지고 놀라 자빠져도 시원치 않다.

laudanum의 또 다른 광고지도 놀랍기 그지없다. 썩은 동태 눈알도 울고 갈 퀭한 두 눈 아래 이보다 더 진할 수 없을 만큼 진한 다크 서클이 돋보이는 한 여성이 있다. 푹 꺼진 양 볼을 보니 여성이 오랫동안 못 먹고 못 잔 게 분명해 보인다. 딱 봤을 때는 '거지인가' 싶은데, 보기만 해도 안쓰러워 눈물이 앞을 가리는 이 여성은 거지가 아니고 그냥 아기 엄마이다. 여성은 울고 있는 아기를 한 손에 안고, 다른 손으로는 다리미를 들고 있다. 그렇다면 이 여성을 이 지경으로 처참하게 만든 원흉은 '잠을 안 자는 아기'인 것이다. 안 그래도 집안일이 버거운 엄마를 저승길로 보낼 셈인지 짜증스럽게 우는 이 사악한 아기는 반드시, 즉각적으로 재울 필요가 있어 보인

❀ 아편을 먹는 아기

❀ 잠 안 자는 아기를 재우는 방법

panacea

다. 광고지에 의하면 그렇다는 것이다.

Sleepless baby?　아기가 잠을 안 자나요?

Use Laudanum　아편을 사용해보세요.

Also aids in:　다음 사항에도 도움이 됩니다.

pain relief　통증 완화

yellow fever　황열병

cardiac disease　심장병

colds　감기

dysentary　(dysentery가 맞는 철자인데 광고지에 오타가 났다.) 이질

excessive secretions　과도한 분비물

광고지만으로 판단하면 아편은 '거의' 만병통치약이다. 확실하지 않아 궁금한 부분이 있는데, 잠을 안 자고 엄마를 괴롭히는 못된 아기에게는 당연히 먹여야 하고, 다른 효과도 많으니 엄마도 먹으라는 것인지가 명확하지 않다. 아편이 이질에 효과가 있다는 주장도 가공할 일이지만, 광고지에 철자를 틀리게 쓴 건 또 뭐 하자는 것인가 따끔하게 열 마디 해주고 싶지만, 혀를 내두르지 않을 수 없는 다른 내용에 비해 오타 따위는 문제라고 할 수도 없으므로 그냥 넘어가겠다.

마지막으로 'excessive secretions(과도한 분비물)'이라는 것 역시 불명확하다. 아기가 침을 질질 흘리거나 땀을 뻘뻘 흘릴 때 먹이라는 것 같기도 한데, 어떤 경우든 용납불가, 이해불가의 끝판왕이 아닐 수 없다.

참고로 1914년이 되어서야 미국에서 이런 마약류가 불법 약물로 규제되고 금지되었다. 이 말은 1914년 이전에는 의약품, 강장제, 그리고 elixir 등의 형태로 약국에서 누구나 쉽게 마약류 제품을 구매할 수 있었다는 뜻이다.

과거에 마약류가 얼마나 널리 쓰였느냐 하면, 코카콜라에도 들어갔었다. coke라는 표현이 코카콜라를 가리키는데, 코카인 역시 coke라고 불리는 건 우연이 아니라 그럴 만한 이유가 있었기 때문이다. 원조 코카콜라에는 코카엽의 추출물(coca leaf extract)이 들어갔는데, 이는 코카인의 원료이다. 대표적인 마약류로 코카엽(coca leaf)을 이용한 코카인 종류와 양귀비(opium poppy)를 이용한 아편 종류가 있는데, 앞서 나온 laudanum을 '아편'으로 번역한 건 양귀비를 이용한 아편 종류에 해당하기 때문이다.

시간이 흐르고 코카인이 마약류로 분류되고 금지되면서 당연히 그리고 다행히 코카콜라 제조법도 이에 따라 바뀌었고, 오래전 원료에서 코카엽 추출물이 제외되었다. "어쩐지, 코카콜라 중독도 있던데, 그럴 줄 알았다." 이런 분들이 있는데, 코카인이 불법 마약류가 된 이후 코카콜라에 코카엽 추출물은 들어 있지 않다. 뼈가 녹는다, 이가 죄다 썩는다, 당뇨에 걸린다, 별의별 경고에도 불구하고 마치 중독된 거처럼 코카콜라를 물처럼 먹는 사람이 있는 건 사실이지만, 코카인 때문이 아니라 시원 달달하면서 톡 쏘는 중독성 강한 맛 때문일 것이다.

Heinz 57

이 표현이 시험에 나올까, 안 나올까 고민하면서 관련 정보나 자료를 찾아본 결과, 영어를 모국어로 사용하는 사람들 대부분이 아는 표현이긴 하지만 (언어 표현이 원래 그렇듯) 한 명도 빠짐없이 다 안다고 하기는 어렵고, 모든 세대가 널리 자주 쓰는 표현이라 하기도 어렵다. 다만 속어, 은어, 신조어 등을 소개한 Urban Dictionary에 나오는 것으로 보아 알 만한 사람은 다들 아는 표현으로 봐야 할 것 같긴 한데, 시험에 나오는 빈출 표현은 아니라고 봐야 할 것 같다. 길고도 길게, 장황하고도 지루하게 말했는데, 한마디로 안 나올 거 같다.

시험에 나올 만한 빈출 표현은 아니지만, 알고 보면 참 재미진 표현이고, 암기라 할 것도 없이 설명을 읽으면 대번 외워지는 고마운 표현이다. 특히나 영어 점수 높다고 잘난 척하는 얄미운 사람이 있다면, 시험 빈출 표현이 아닌 탓에 이건 모를 가능성이 좀 있으니 그 얄미운 사람 앞에서 "영어 잘한다더니 쯧……" 이러면서 콧대를 짓눌러 줄 수 있는, 별것 아닌데도 영어 실력이 월등한 듯 뽐내기 좋은 표현이기도 하다.

하인즈(Heinz)는 케첩으로 대표되는 식품 가공 회사로 미국 펜실베이니아에 본사를 두고 있다. 1869년에 헨리 존 하인즈(Henry John Heinz)가 자기 성 하인즈(Heinz)를 회사 이름으로 삼아 설립했고, 현재 전 세계에 가공식품을 수출하는 대기업이다. 먼저 하인즈 제품을 광고할 의도가 전혀 아니라는 점을 분명히 해두고 이야기를 계속하겠다.

하인즈 제품의 용기를 보면 라벨이나 플라스틱 용기의 위(어깨) 부분에 '57'이라는 숫자가 있다. 케첩의 경우 검정색으로 굵게 쓰인 TOMATO KETCHUP 글자 아래 작게 57 varieties라고 되어 있고, 플라스틱 용기로 된 다른 제품의 경우 겉면이 살짝 튀어나오는 방식으로 57 숫자가 도드라져 있다.

일단 57 varieties는 '57가지 종류'라는 뜻으로 하인즈 제품의 종류가 57가지라고 해석될 수 있다. 그런데 하인즈의 제품 종류는 57가지가 넘는다. 그럼 도대체 이게 뭐냐 하면, 알쏭달쏭하게도 '57가지 종류'라는 뜻이다.

1896년, 하인즈의 사장님인 하인즈는 우연히 어느 신발 회사의 광고에서 '21가지 스타일'이라는 문구를 보게 되었다. 이를 보고 하인즈 제품에도 숫자를 넣으면 좋겠다고 생각했다. 그래서 자신이 좋아하는 숫자 5와 아내가 좋아하는 숫자 7을 합체한 57을 넣기로 했다. 이렇게 해서 '57가지 종류'라는 의미로 57 varieties 표현이 생겨났다. 당시에도 이미 제품 종류가 60가지 이상이고 현재는 수백 가지에 이르지만,

The Medical Profession says Benzoate of Soda in foods is dangerous to health.
The Best Food Manufacturers say that its use is unnecessary, and for your protection
The Law Requires that its presence in foods must be stated on the label.
Read all small type on the labels.
There are no artificial preservatives of any kind in

HEINZ
57 VARIETIES
PURE FOOD PRODUCTS

They don't need preservatives because all Heinz foods are made of the very best materials, by careful people, in the cleanest kitchens which are visited annually by thousands.

Anything That's
HEINZ
Is Safe To Buy   H. J. HEINZ COMPANY.

● **57 varieties**

어차피 제품 종류는 계속 변할 수밖에 없기에 숫자가 제품 종류와 정확히 일치해야 할 필요는 없었다. 57이라는 숫자는 '하인즈 제품이 다양하다, 많다' 이런 의미와 함께 일종의 행운의 마스코트(good luck charm)로 하인즈 제품의 용기와 라벨에 현재까지도 사용되고 있다.

그럼 Heinz 57은 뭐냐, '잡종'이라는 뜻이다. 예상을 뛰어넘다 못해 다소 터무니없다. 영어로 Heinz 57의 의미를 찾아보면 mixed-breed or mongrel dogs라고 나오니까 '잡종견'이라고 하는 게 더 맞을 것이다. 더 나아가 인종이 섞인 사람에게도 Heinz 57을 쓸 수 있다. '사람을 개 취급한 것인가' 싶을 수 있어서 ChatGPT에 물어보았더니 문맥과 상황, 혹은 이 표현을 듣는 사람에 따라 무례한 표현이 될 수도 있고 아닐 수도 있다는 대답이 나왔다. 친하고 허물없는 사이에서 가볍고 일상적인 대화를 나눌 때는 사용할 수 있지만, 이를 무례한 표현으로 받아들일 여지도 없지 않으므로 눈치껏, 상황과 상대에 맞추어 사용할 필요가 있다는 뜻이겠다.

My friend Joe has Italian, French, and Mexican in him. He is a Heinz 57.
내 친구 조에게는 이탈리아, 프랑스, 멕시코인의 피가 흐른다. 그는 혼혈이다.

인종에 관련된 표현을 할 때는 각별히 주의해야 하므로 이렇게 써도 되지만, 이때도 역시 Heinz 57보다는 'He is multiracial /mixed-race(그는 혼혈이다).'라고 쓰는 게 더 적당하다(Heinz 57은 명사인데 multiracial과 mixed-race는 형용사이다). 물론 개에게 쓸 때는 좀 더 자유롭다고 할 수 있다.

My dog is a Heinz 57. His mother is Maltese,

and his father is Chihuahua.

내 개는 잡종이다. 엄마는 말티즈이고 아빠는 치와와이다.

My dog is a Heinz 57. = My dog is a mongrel dog.

내 개는 잡종개이다.

두 가지 모두 같은 의미인데, a Heinz 57이 a mongrel dog보다 더 친근하고 장난스러운 비격식 표현이라 할 수 있다. 그럼 여기서 궁금한 점, 어쩌다 Heinz 57이 '잡종개', '다인종'이라는 의미를 지니게 되었을까? 다들 예상했을 텐데, 하인즈 회사의 제품 종류가 다양하고 여럿이라는 의미가 많이 확장되고 상당히 엉뚱한 방향으로 흘러가 결국 몹시 생뚱맞게도 Heinz 57이 '잡종개' 또는 '다인종'이라는 뜻으로 쓰이게 되었다. 다른 동물들에게는 Heinz 57이란 표현을 사용하지 않고 개에게만 사용한다. Heinz 57은 하인즈를 홍보할 의도가 전혀 없어도 다양한 하인즈 제품을 떠올리게 해서 본의 아니게 하인즈 PPL인가 의심을 받게 되는 표현인 동시에, 하인즈라는 제품명이 들어가지만 실상 하인즈와 아무 상관이 없는 의미라서 엉뚱하고 생뚱맞고 뚱딴지같은 표현이 아닐 수 없다.

개인적으로 Heinz 57을 보면 '개'도 '잡종'도 아닌, 심지어 단일종인 오리너구리가 생각난다. 오리너구리는 오리과도 아니고 너구리과도 아니다. 오리너구리과, 오리너구리속, 오리너구리종으로 이에 속한 동물이 오리너구리 달랑 한 종류니까 잡종이라는 것과는 거리가 먼 정도가 아니라 아예 관련이 없다. 그런데 부리와 앞발은 오리, 몸은 수달, 꼬리는 비버를 닮은 것도 모자라 알을 낳고 부화한 새끼는 젖을 먹여 키우니까 이런 특징만 보면 세상에 잡종도 이런 잡종이 없다. 어쩌면 오리너구리가 가진 이런저런 오만가지 엉뚱한 특징을 모으면 57가지가 될지도 모를 일이니, 절대 잡종이 아님에도 불구하고 이 녀석을 Heinz 57이라고 불러주는 건 우리의 의무라고 목 놓아 외치고 싶을 정도이다.

호주 태즈메이니아에 사는 오리너구리는 영어로 duckracoon (duck; 오리+racoon; 너구리)이 아니고 platypus이다. 딱 봐도 너구리 얼굴에 오리주둥이가 붙은 비주얼이라 우리말로 이름을 정할 때 '오리너구리'라는 담백하고 직선적인 이름을 붙였을 것이다. 영어도 이런 식으로 붙이면 좋을 텐데, platypus라는 발음도 철자도 생경한 단어를 별도로 외워야 한다는 게 안타깝다.

오리너구리가 얼마나 이상한 동물인지, 1798년 호주에서 근무하던 영국 군인 존 헌터(John Hunter)가 이 동물을 발견하고는 신기하고 이상해서 오리너구리 가죽과 함께 오리너구리의 그림을 그려 영국에 보냈다. "주둥이는 오리 부리인데 몸은 수달 같고, 발은 곰발 같은데 물갈퀴가 있어서 오리발 같기도 하며, 꼬리는 비버 꼬리를 갖다 붙인 듯하고, 알을 낳아 키우지만 부화한 새끼는 젖을 먹여 키운다."고 사실 그대로 말했다가 거짓말도 작작하라며 욕을 한 바가지 얻어먹었다고 한다. 심지어 유니콘, 천리마, 용 같은 신화에 나오는 동물이라는 말도 들었다.

그도 그럴 것이 앞서 기술한 상상 초월 기상천외한 특징들 외에 고개를 갸우뚱하게 만들고 뒤통수를 벅벅 긁게 할 또 다른 특징들이 많기 때문이다. 오리너구리 수컷의 뒷발에 며느리발톱 같은 가시가 있는데 몸 안에서 만들어진 신경독이 이 가시에서 나온다. 포유류에서 보기 드문 특징이다. 또 포유류 중에서 보기 드물게 성체 오리너구리는 이빨이 없다.

이렇게 포유류답지 않지만 젖을 먹여 새끼를 키우는 포유류이다. 하지만 알을 낳는다. (뭔 일……) 일단 알을 낳고, 알에서 새끼가 부화하면 어미가 젖을 먹인다. 하지만 젖꼭지(유두)가 없다. (뭔 일……) 젖꼭지도 없는데 젖을 먹여 키운다는 게 난감하기 짝이 없지만, 다행히 젖샘은 있다. 새끼는 젖샘에서 땀처럼 스며 나오는 젖

⊛ 헤엄치는 오리너구리   ⊛ 토굴 속의 오리너구리

⊛ 오리너구리를 그린 첫 스케치

을 핥아 먹는다.

　　오리너구리는 온혈·정온 동물로 몸에 털이 나 있으며 폐로 호
흡한다. 육지 동물 같지만 대부분의 시간을 물에서 보낸다. (뭔
일……) 수달이나 비버 같은 반수생 포유동물인데, 발의 물갈퀴 덕
분에 수영은 앉아서 떡 먹기보다 쉽고 2분 정도 숨을 참고 잠수도

할 수 있다. 오리너구리는 물속 작은 벌레, 가재, 조개 등을 잡아먹는데 넓은 주둥이로 잡느냐 하면 그건 아니다. 물갈퀴가 달린 앞발로 잡느냐 하면 그것도 아니다. 넓은 부리에 전기 수용체 수만 개가 분포한 감각선이 있어서 눈을 감고 물속에 들어가서도, 진흙 속에 먹이가 숨어 있어도, 먹이가 보내는 전기 신호를 감지할 수 있다. 사람에게는 없는 감각이라 여섯 번째 감각이라고 부르기도 한다.

이런 동물이 있다고 제아무리 길고도 친절하게 설명해 줘도 아무도 믿지 않으니, 존 헌터는 복장이 터질 지경이었을 것이다. 그래서 박제를 하기로 했다. 라이트 형제가 조종에 의해 비행하는 비행기를 만드는 데 성공한 것이 1903년의 일이니까, 1790년대 후반에서 1800년대 초반에는 비행기 비슷한 것도 없었을 것이다. 당연히 호주에서 유럽까지 하루이틀에 갈 수도 없었고, 물과 육지를 오가며 사는 잘 알지도 못하는 오리너구리를 데리고 세월아 네월아 배를 타고 유럽에 갔다가는 중간에 죽기 십상이었을 뿐 아니라 시신도 부패할 위험이 컸기 때문이다.

이 같은 이유로 존 헌터는 오리너구리를 박제로 만들어 보냈다. 그랬더니 두더지를 잡아다 입에 오리 주둥이를 잘라 붙이고 비버 꼬리를 이어 붙여 보낸 걸 모를 줄 아느냐, 조작질도 작작하라며 또 욕을 한 바가지 얻어먹었다고 한다. 실제로 표본 가죽을 받아 본 동물학자들은 실로 꿰매거나 접착제로 이어 붙인 데를 찾으려고 사방에서 가죽을 잡아당겨 보았다고 한다.

결국 오리너구리를 생포해서 여행 중 절대 돌아가시는 일이 없도록 신줏단지 모시듯 받들어 모시며 어렵사리 호주에서 영국으로 모셔오자 그제야 다들 쩍 벌어진 입에서 "뭔 일……(영어로 What the ……)" 소리가 절로 새어 나왔다고 한다. 할 수 없이 오리너구리의 존재를 믿을 수밖에.

그런데 오리너구리를 보고도 오리너구리가 알을 낳는다는 사실은 여전히 믿지 못했다. 알 낳는 거 직접 봤다고 해도, 오리너구리 존재를 믿어주었더니 요구가 지나치다, 거짓말도 작작하라며 또 욕을 한 바가지 얻어먹었다고 한다. 어쩔 수 없이 조만간 알을 낳을 예정인 예비 어머니 오리너구리를 생포해서 여행 중 절대 돌아가시는 일이 없도록 신줏단지 모시듯 받들며 어렵사리 호주에서 영국으로 모셔왔다. 임산부인 오리너구리 입장에서는 죽었다 깨도 상상하지 못할 혼비백산 아연실색할 일이지만, 도착 직후 해부를 통해 오리너구리 뱃속의 알을 직접 확인시켜주었다. 다들 쩍 벌어진 입에서 "뭔 일……(영어로 What the……)" 소리가 새어 나왔고, 믿지 않고 버틸 도리가 없으므로 강제로 믿을 수밖에 없었다. 머리부터 발끝까지 비현실로 무장한 오리너구리의 존재가 당시 영국인들에게 얼마나 비현실적이었는지 알 수 있는 대목이다.

오리너구리의 존재를 믿기 힘들 정도로 이상야릇한 특징들은 이미 충분히 차고 넘쳤지만, 오리너구리를 해부해 보니 또 다른 이상야릇한 특징들이 더 드러났다. 오리너구리의 넓적한 부리(주둥이)

는 딱 보면 오리의 주둥이만 가져다 이
어 붙인 듯 머리의 다른 부분과 매우 이
질적으로 보이지만, 해부 결과 두개골과
부리의 뼈는 하나로 연결되어 있었다.
그래서 부리를 잡아당기면 뼈가 부러질
지언정 부리만 쏙 빠지거나 분리되지 않
는다. 또 신기하게도 부리의 가운데 부
분은 뼈가 없다. 그러니까 V자형으로 부
리의 양옆 부분만 뼈가 있어서 부리의

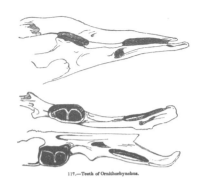

117.—Teeth of Ornithorhynchus.

⊛ **오리너구리의 두개골 구조**

가운데 부분은 말랑말랑 물렁물렁했다. 또 척추가 있는 척추동물
이 분명한데, 입에서 항문 사이에는 위장 없이 창자만 있었다.

　또 오리너구리는 포유류 중에서도 아주 특이한 단공류였다. 현
재 멸종되지 않은 단공류 포유류는 오리너구리와 가시두더지 딱
두 종류뿐이다. 단공류는 '구멍이 하나'라는 의미로, 다른 포유류가
배변, 배뇨, 생식에 필요한 구멍이 각각인데 비해 단공류는 '총배설
강'이라는 구멍 달랑 하나이다. 이런 특징 때문에 포유류이지만 왠
지 파충류에 가까운 듯 보이고, 실제 걸음걸이도 포유류보다 파충
류와 비슷하다. 이빨이 없고 젖꼭지가 없는 것도 단공류의 특징이
다.
　한 마디로 오리너구리는 파충류, 조류, 포유류의 특징을 이것저
것 가져다 붙인 소위 '짬뽕 그 잡채'라 할 만한 동물이었고, 이를

믿지 않은/못한 사람들에게 속고만 살았냐 나무라기도 어려운, 독특해도 너무나 독특한 동물이었다.

오리너구리가 처음 발견된 시기에 그저 눈에 보이는 부분만으로 "이 녀석 참 특이하다."고 했는데, 현대의 최첨단 기술을 동원하여 오리너구리의 유전자와 염색체를 연구한 박사님들 역시 "이 녀석 참 특이하다." 이런다. 다른 동물들이 X와 Y 두 개의 성염색체를 지니고 있는데 비해 오리너구리는 5개의 Y염색체와 5개의 X염색체, 총 10개의 성염색체를 지닌 유일한 동물이기 때문이다. 그냥 쳐다봐도, 구석구석 살펴봐도, 해부해서 몸속을 헤쳐 봐도, 보이지도 않는 염색체까지 검사해 봐도, 어느 한 군데 특이하지 않은 구석이 없다.

이러니 Heinz 57 표현을 보면 (잡종개도 아니고, 잡종도 아니고, 개도 아니지만) 이해 불가한 특징을 57가지는 너끈히 가지고 있을 법한 개성 만점 오리너구리가 생각날 수밖에.

보면 볼수록 귀엽고 알아보면 알아볼수록 신기하기 짝이 없는 신비한 매력 덩어리 오리너구리는 안타깝게도 모피 때문에 마구 사냥을 당해 현재는 멸종위기 종으로 호주 정부의 보호를 받고 있다. 참고로 〈포켓몬스터〉에 나오는 극강 귀요미 고라파덕이 바로 오리너구리이다.

사실 오리너구리 말고도 Heinz 57 표현이 생각나는 '잡종이 아니지만 잡종이라고 믿고 싶은' 동물이 꽤 된다.

귀신 상어(Ghost Shark)는 귀신과 상어의 잡종으로 보이고, 칠성장어(Lamprey)는 빨판과 장어의 잡종, 별코두더지(Star-nosed mole)는 별과 두더지의 잡종으로, 유리개구리(Glass frog)는 이름 그대로 유리와 개구리 잡종으로 보인다. 톱상어(Sawshark)를 보면 톱과 상어의 교배가 가능하다는 생각이 들고, 감자떡개구리(Cape Rain Frog)는 돌멩이와 개구리의 합체이거나, 둘의 잡종이 아니라면 도무지 이해할 수 없는 비주얼이다. 듀공(Dugong)은 우리말로 해우(바다소)인데 소와 인어의 잡종으로 보이는 게 나 혼자의 생각이 아닌 것이 듀공을 인어로 착각한 경우가 종종 있다고 한다. '살아 있는 공룡'이라는 슈빌(Shoebill)은 거대한 황새와 신발의 잡종일 수밖에 없는 것이 실제 부리(bill)가 신발(shoe)을 가져다 붙인 듯 보인다. 황새 종류답게 다리는 엄청 가느다란데, 발은 또 엄청나게 크고, 공룡의 후예답게 두 눈은 마주치면 오금이 저릴 정도로 매섭다.

이런 초현실적인 잡종 말고, 현실적으로 봐도 잡종이라 의심스러운 동물들이 많다. 암말과 수컷 당나귀의 이종교배인 노새, 수사자와 암호랑이의 이종교배인 라이거와는 차원이 다른 동물들로, 제2차 세계대전 때 사람뿐 아니라 동물로도 생체 실험을 했다더니 그때 이종교배로 실험실에서 탄생한 동물들인가, 싶은 동물들이다.

독수리와 두루미 잡종으로 보이는 비서새는 '뱀잡이수리'라고도 불린다. 머리가 독수리를 닮아서 '수리'가 붙었고, 두루미를 닮

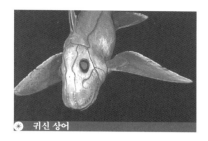

귀신 상어

칠성장어

별코두더지

유리개구리

톱상어

감자떡개구리

듀공

슈빌

은 얇디얇은 다리로 독사를 거뜬히 잡고도 남는 괴력의 발차기 실력을 인정받아 '뱀잡이수리'라고 불린다. 속눈썹 파마를 한 뒤 마스카라로 한껏 멋을 낸 듯 만화에서나 봄 직한 아름다운 속눈썹, 볼터치와 아이섀도우로 꾸민 듯한 주황색 얼굴, 거기다 소멸 직전의 갸름한 소두까지, 팜프파탈이 연상되는 저 얼굴에 살인 발차기라니, 거기다 왜 이름은 비서새(Secretarybird)인지 여러모로 호기심이 펑펑 솟아나는 동물이다.

● 비서새

● 고비날쥐

고비 사막에 사는 고비날쥐(Gobi Jerboa)는 쥐와 캥거루와 박쥐의 잡종이라고밖에 달리 설명할 도리가 없다. 마우스사슴(Mouse Deer)은 사슴 몸에 다람쥐 얼굴이니까 역시 실험실에서 사슴과 다람쥐를 교배시킨 잡종이라 해도 믿지 않을 도리가 없다.

양머리 물고기(Sheephead Fish), 파쿠(Pacu), 트리거피쉬(Trigger Fish) 등은 물

● 마우스사슴

⊛ 양머리 물고기 　　　　　　⊛ 파쿠

⊛ 트리거피쉬　　　⊛ 박각시나방　　　⊛ 판다개미

고기와 사람(의 이빨) 잡종으로 보이는 게, 녀석들의 이빨이 마치 사람이 쓰는 틀니를 끼운 듯 보인다. 양머리 물고기는 위아래 이빨이 그냥 사람의 이빨이다. 일반적인 사람의 이빨이 아니라 치아 교정을 마친 사람의 이빨인데, 단지 혀에 해당하는 부분에도 이빨이 많이 나 있다는 점이 다르다. 파쿠의 경우는 아래 이빨이 사람의 이빨이다. 트리거피쉬는 두툼한 입술에 위아래 가지런하게 교정을 끝낸 이빨만 확대해서 찍은 사진을 보면 '혹시 안젤리나 졸리인가' 싶다. 이런 애들이 많아서 '사람의 이빨을 가진 물고기'라는 뜻의 '인치어(人齒魚)'라는 표현도 있다.

박각시나방(Hummingbird Hawk-Moth)은 딱 봐도 벌새 아빠와 나방 엄마의 아기가 분명하다는 확신이 들고, 판다개미(Panda Ant)는 당연히 판다 아빠와 개미 엄마 사이의 아이가 아닐 수 없다는 확신이 든다. 하지만 이런 동물들이 원래 이렇게 태어났고, 잡종도 이종교배도 전혀 아니라니, 자연의 신비인가, 창조주의 장난질인가!

쉬운 듯 어려운 듯 애매한 단어로 시험에 안 나올 것 같은 단어에 속한다. 하지만 어려운 단어는 아니라고 생각한다. 이 단어는 game+-y 형식인데, game은 다들 아는 그 '게임'이다. game에는 '게임, 경기, 시합'이라는 의미 외에 알 만한 사람은 알고 모르는 사람은 모르는 '사냥감'이라는 의미도 있다. gamey는 '사냥감'이라는 의미의 game에 -y가 붙어 형용사가 된 경우로, '사냥감 냄새가 나는, 고기 누린내가 나는' 이런 뜻이다. 사냥이라고 하면 일반적으로 풀이나 나무 열매가 아닌 동물이 대상이므로, gamey는 고기 냄새/맛이 풍긴다는 어감이라 보면 된다.

이 단어를 어떤 글과 문맥에서 만났는지가 기가 콱 막히는 지점인데, 어이없게도 아이스크림 관련 영문 기사에서 만났다. 고기를 먹고 아이스크림을 후식으로 먹었더니 고기 맛이 났다, 이런 게 아니다. 어떤 특정 아이스크림의 맛을 소개한 기사에서 아이스크림의 맛을 표현한 형용사 중에 gamey가 있었다.

a creamy treat with a slightly gamey (or meaty)
and metallic flavor at the same time

creamy treat: 크림 같은 디저트 (treat 맛있는 음식, 한 턱)
slightly: 약간

gamey

gamey: 사냥감 냄새/맛이 나는

meaty: 고기 같은

metallic: 금속성의

flavor: 맛, 풍미

at the time: 동시에

그러니까 '미세한 고기 맛과 금속성 풍미가 동시에 나는 크림 느낌의 디저트'라는 뜻으로, 아이스크림에 대한 설명이라고 믿기 힘든 뚱딴지같은 소리가 아닐 수 없다. 하지만 나는 이게 무슨 아이스크림인지 이미 제목을 통해 아는 상태에서 읽었기 때문에 뚱딴지 같다고 생각하지 않았고, 재료의 특성을 감안하면 그럴 수 있겠다, 하지만 무슨 맛인지 직접 맛보고 싶지는 않다, 그런 생각이 들었다.

이게 무슨 아이스크림이었느냐 하면, 뜨억! 하게도 돼지 피로 만든 아이스크림이었다. 여러분이 잘못 읽은 게 아니라 '꿀꿀 돼지의 피로 만든 아이스크림' 맞다. 놀랍지 않게도 해당 기사에 '짭짤한 (salty)', '철 또는 구리(iron or copper)' 이런 표현도 들어 있었다. 달걀이나 우유로 크리미한 질감을 내는 일반적인 아이스크림이 아니라 돼지 피를 이용해 크리미한 질감을 만들어낸, bloody의 '지랄 맞은' 과 '피의' 두 의미를 제대로 살려낸 진정한 의미의 bloody ice cream 이라 하겠다.

왜 굳이, 정말이지 왜 굳이 달걀을 놔두고 돼지 피를 사용했을까? 달걀흰자를 거품기나 포크 등으로 재빨리 휘저으면 거품이 생긴다. 팔이 아프다 싶게 오래 휘젓거나 거품기 같은 기계를 사용하면 거품이 단단하게 엉겨 붙어 크림처럼 된다. 흰자를 크리미하게 거품을 내서 무스, 수플레 같은 부드럽고 폭신한 빵과 디저트 종류를 만들 수 있고, 머랭쿠키처럼 구우면 바삭하게 부서지는 디저트를 만들 수도 있다. 우유 크림이나 흰자 거품에 다양한 맛과 향을 추가해 얼리면 아이스크림이 된다. 물론 아이스크림에 달걀노른자도 들어간다. 노른자에는 수분과 지방이 잘 섞이도록 돕는 유화제 성분이 있고, 노른자가 아이스크림의 제형을 유지하는 데도 도움이 되며, 부드러운 맛을 내는 데에도 도움이 된다.

그런데 시원 달콤 맛있는 이 아이스크림을 달걀 알레르기가 있는 사람은 먹을 수 없다(사실 달걀 알레르기가 있는 사람이 못 먹는 음식은 아이스크림 말고도 과자, 라면, 빵 등 엄청나게 많아서, 맛있는 건 죄다 못 먹는다고 할 수 있을 정도이다). 달걀 알레르기 때문에 아이스크림을 먹을 수 없는 세상 가여운 사람들에게 반갑기 그지없는 희소식이 바로 돼지 피 아이스크림이다. 물론 이름은 경악스럽기 그지없지만 말이다.

'아이스크림'과 '돼지 피'라는 두 표현이 한 문장에 쓰여도 되나 열띤 토론이라도 벌이고 싶겠지만, 아이스크림에 달걀 대신 돼지나 소의 피를 쓴 건 의외로 역사가 깊다. 17~18세기 유럽에서 달걀이

들어간 아이스크림을 디저트로 만들기 시작했는데, 달걀노른자는 되직한 커스터드 형태로, 흰자는 거품을 내서 크림 형태로 만들어 다른 향이나 맛을 섞어 차갑게 얼려 아이스크림을 만들어 먹었다.

이렇게 달걀로 만들면 되는데 굳이 달걀 대신 피를 사용한 결정적인 이유는, 아마도 달걀 알레르기보다는 가격 때문일 것이다. 도살장에 가면 돼지 피, 소 피, 오리 피 등을 쉽게 그리고 공짜로 (또는 달걀과 비교할 수 없이 저렴하게) 얻을 수 있다. 달걀 수급이 원활하지 않은 작은 동네에서는 요리계의 자타공인 오지라퍼 달걀이 부족하거나 값이 오르면 아이스크림을 포함해서 오만가지 요리에 미치는 타격이 클 수밖에 없었다. 이렇게 달걀 대용으로 쓸 수 있는 식재료가 필요하던 차에 혜성처럼 등장한 게 바로 동물의 피였다. 돼지 피뿐 아니라 소, 양, 오리 등 가축으로 키우는 동물의 피는 다 달걀 대용으로 쓸 수 있었다. 이런 이유로 아이스크림 말고도 달걀이 들어가는 요리에 달걀 대신 피가 쓰일 수 있고, 오래전부터 널리 애용해왔다.

얄궂게도 피 역시 달걀처럼 휘저으면 거품이 생기고 엉겨 액체처럼 흐르지 않는 크림 비슷한 상태가 되는 바람에 시뻘건 비주얼이 동공 지진을 일으키는 돼지 피 아이스크림이 탄생하게 된 것이다.

그럼, 피 맛이 나지 않을까? 피로 만들었으니 당연히 피 맛이 난다. 피는 그저 빨간색 맹물이 아니라 오만가지 것들이 들어 있기 때문이다. 앞서 돼지 피 아이스크림을 설명할 때 gamey, metallic, iron, copper 등의 표현이 들어간 건, 피에 실제 그런 성분이 들어 있기 때문이다. gamey 혹은 meaty와 같은 표현은 '피'라는 걸 생각하고 먹었기 때문에 '동물성 맛'이 난다고 느낀 듯하고, 'metallic(금속성)의' 표현은 사실일 것이다. 필자는 돼지 피도, 돼지 피 아이스크림도 못 먹어봐서 확인해줄 수가 없지만 말이다. 피에는 iron(철), copper(구리), 마그네슘 같은 금속성 성분이 정말 들어 있다. 소금기가 들어 있는 건 다들 아는 사실이므로 'salty(짭짤한)' 표현은 다들 이해할 테고, 이 외에도 단백질, 포도당, 비타민, 지방도 들어 있다. 핏속에 '없는 게 없는 거' 아닌가 싶은데 정말로 피에 금 성분까지도 들어 있으니, 이쯤이면 오만가지가 들어 있는 정도가 아니라 '없는 게 없다'라고 해도 될 것 같다. 하지만 자기 몸에서 금을 캐내겠다고 사망을 불사하고 피를 죄다 쏟아낼 생각은 안 하는 게 좋겠다. 어른의 핏속에 있는 금 성분을 남김없이 싹싹 긁어모으면 쌀알한 톨의 1/10도 안 되는, 없다고 할 수는 없지만 있다고 하기도 뭣한 민망한 분량의 금이 나오기 때문이다. 아무튼 이렇게 오만가지다양한 것들이 든 탓에 피는 맹물 같지 않고 약간 되직한 (묽은 스프 같은) 느낌이 든다.

오만가지 것 중 특히 금속성 물질로 인한 피 특유의 비린 맛을 가리기 위해 돼지 피, 오리 피 할 것 없이 피로 만든 아이스크림은 보통 체리, 초콜릿 등 맛과 향이 강한 재료를 섞는다. 미국에 동물의 피로 만들어 달걀 알레르기가 있는 사람도 즐길 수 있는 아이스크림을 파는 가게가 있는데, 시뻘건 색 아이스크림이라 딸기 맛이려니 하고 먹으면 초콜릿 맛이라 다들 놀란다고 한다. 마찬가지로 달걀흰자 대신 피를 휘저어 머랭으로 만든 피 머랭 쿠키 역시 시뻘건 색이지만 딸기 맛이 아닐 가능성이 높다.

사실 달걀 대신 피가 쓰이는 경우는 아이스크림 말고도 많다. 달걀흰자에 알부민이라는 단백질이 들어 있는데, 공교롭게도 알부민이 피에도 들어 있는 탓이다. 완벽하게 일치하는 같은 종류는 아니지만 알부민이 갖는 일반적인 특징을 공유하다 보니, '의외'를 너머 '식겁'의 범주에 속하는 '달걀 대신 피'라는 게 널리 퍼지게 되었다. 그런데 식겁하면서도 실제 해보면 "이게 되네!"라며 감탄하게 된다.

달걀의 알부민이나 피의 알부민 모두 열을 가하면 굳는 성질이 있다. 날달걀을 깨면 액체처럼 흐르지만 삶으면 단단해지는 것도 이 때문이다. 선지의 경우는 피를 익혀서 굳은 게 아니다. 액체인 피가 혈관 밖으로 나오면 엉기는 성질의 혈소판 때문에 젤리처럼 굳어진 것이다(혈소판의 고마운 이 성질 덕분에 상처가 나면 얼마 후 피가 스스로 굳어 딱지가 생긴다). 당연히 야들야들한 젤리 상태의 선지를 끓여 선지해장국으로 만들면 끓이기 전보다 선지가 좀 더 단단해진다. 핏속 단백질인 알부민이 굳기 때문이다. 이런 성질을 이용해서 스프나 소스를 걸쭉하게 만들고 싶을 때 달걀을 넣는데, 달걀 대신 피를 넣어도 유사한 결과를 얻을 수 있다. 핏속 알부민의 굳는 성질 덕분에 스프나 소스에 피를 넣고 끓이면 걸쭉해진다. 물론 달걀을 넣었을 때와는 달리 시뻘건 색 또는 흑갈색이 되는 도무지 간과할 수 없는 색깔의 차이가 있다. 당연히 맛도 달걀과 달리 피 맛이 난다. 그래도 아무튼 점도가 있는 느낌의 국물을 만드는 효과는 분명히 있다.

프랑스 음식은 국물 요리가 거의 없는데, 예외적으로 걸쭉한 국물이 있는 요리가 바로 코코뱅(coq au vin)이다. '포도주에 잠긴 수탉'이라는 의미에 맞게 코코뱅은 닭을 포도주에 오래 끓여 익힌 음식이다. 서양 요리에서 스프나 소스의 점도를 조절할 때 루(roux: 밀가루와 버터를 볶은 것)를 사용하는데, 아주 오래전에는 닭의 피로 루를 만들어 코코뱅의 국물을 걸쭉하게 만들었다.

제빵에서도 달걀 대신 피를 넣을 수 있다. 아이스크림도 봐주기 힘든데 빵에까지 "왜 굳이 피를……." 하고 싶겠지만 '달걀 대신

◉ 포도주에 담근 닭

◉ 완성된 코코뱅

피'라는 다소 식겁한 아이디어가 받아들여진 주된 원인은 역시 가격 때문이다. 제빵에 사용되는 분무 건조시킨 달걀 알부민 대신 동물의 피로 만든 혈장 알부민을 사용하면 원가를 많이 낮추면서 흡사한 효과를 낼 수 있다. 게다가 피 알부민은 달걀의 알부민보다 낮은 온도에서 응고되므로 열에너지와 시간도 적게 들어 여러모로 이득이다. 달걀 알레르기가 있는 사람도 먹을 수 있는 빵이 나온다는 것 역시 큰 장점이다. 다만 앞서 나온 듯 gamey, metallic 등으로 표현되는 피 특유의 맛과 냄새가 나기 때문에 이를 가릴 수 있는 허브, 향료 등을 사용해야 한다.

핏속 알부민의 굳는 성질은 달걀 대용뿐 아니라 다른 부분에서도 활용된다. 이를테면 플라스틱 대용으로 딱이다. 피와 플라스틱이라니 이건 또 뭔 소리인가 싶을 텐데, 실제 피를 섞은 톱밥 반죽이 플라스틱처럼 사용된 적이 있다. "왜 굳이 피를⋯⋯." 물어볼 필요도 없이 당연히 피의 굳는 성질 때문이다. 그리고 당연히 구하기 쉬운 동물의 피가 쓰였다.

프랑스와 영국에서는 1800년대에 곱게 간 톱밥과 동물의 피를 섞어 굳힌 것으로 액자나 거울 틀 등을 만들었다. 적당히 단단하면서도 무늬 등을 새기기에 수월했고, 완전히 굳기 전에 일정한 모양의 틀에 넣으면 원하는 모양으로 성형하기도 수월했기 때문이다. 한마디로 플라스틱이 발명되기 전에 플라스틱과 아주 비슷한 용도로

✳ **부마 뒤르시 만드는 법**[3]

쓰인 셈이다.

아무리 쓸모 있고 사용하기 좋은 것이라도, '피 톱밥 반죽 굳힘' 같은 과도하게 솔직한 명칭을 붙이면 명칭에서 풍기는 비호감 이미지에 거부감을 느낄 터, 이를 만든 사람은 지혜롭게도 부마 뒤르시(bois durci)라고 불렀다. 영어로는 'hardened wood(단단해진 나무)'로 번역되는데, 나무는 아니지만 톱밥이 섞여 있고 나무 느낌이 나기 때문에 나무가 아니라고 할 수도 없는, 피가 들어갔다고는 절대 예측할 수 없지만 피가 안 들어갔다고 하지도 않은, 애매모호의 이점을 극대화한 영악한 이름이 아닐 수 없다.

부마 뒤르시는 한 프랑스인이 파리의 도살장에서 소, 돼지 등의 피를 가져와 톱밥, 색소를 섞은 후 열과 압력을 가해 단단하게 만든 게 시작이었다. 매끈하게 표면을 다듬으면 색깔과 질감이 나무

---

3   다음 유튜브에서 부마 뒤르시 만드는 과정을 볼 수 있다.
     https://www.4tu.nl/du/projects/Transitioning%20from%20Bois%20Durci%20
     to%20Duck%20Durci/)

판자와 비슷했고, 이것으로 지금의 플라스틱으로 만드는 것들을 다 만들 수 있었다. 톱밥만으로는 만들 수 없지만, 피의 알부민이 열을 만나면 굳기 때문에 가능한 일이었다. 플라스틱이 나오기 전에 이런 방식으로 다양한 물건이 제조되었다.

달걀, 플라스틱 외에 피가 대체할 수 있는 것이 또 있었다. 고대 로마의 건축물, 송수로 등에 사용된 모르타르(mortar: 돌, 벽돌 등을 연결해주는 콘크리트, 시멘트 같은 것) 재료는 석회, 물, 그리고 소의 피였다. 왜 동물의 피가 들어갔는지 또 말하면 입 아픈 잔소리일 텐데, 핏속 알부민의 굳는 성질 때문이다. 피의 이러한 신통방통한 성질은 지금처럼 무엇이든 철썩 붙여주는 고성능 접착제가 나오기 전, 접착제 역할을 했다.

설마 피로 무언가 붙이는 게 가능했겠나 싶지만, 설마가 사람 잡는다고 실제로 제2차 세계 대전 당시 비행기 외부를 수선할 때 동물의 피를 이용한 접착제가 사용되었다. 말할 필요도 없이 임시방편이어서 접착 효과가 오래 가지도 않았고 방수도 되지 않았지만, 무엇이든 부족했던 전쟁 중 아쉬운 대로 접착제로 사용되었던 건 사실이다. 도살장에 가면 소나 돼지의 피를 쉽게 구할 수 있었기에 합성수지가 발명되기 전에는 동물의 피를 이용한 접착제가 널리 쓰였다.

핏속 알부민의 굳는 성질을 활용한 분야가 이렇게 다양하다니, 제빵과 요리 분야에 달걀 대신 피를 사용한 건, 다소 식겁 혹은 기겁하는 사람이 있을 수 있지만, 대단히 식겁 혹은 대단히 기겁할 일이라 할 수는 없을 거 같다.

참고로 피 알부민의 굳는 성질은 빨래할 때도 영향을 미친다. 느닷없이 코피가 터지거나 손을 베여 옷에 피가 묻는 경우가 있을 수 있다. 보통 옷에 묻은 때는 뜨거운 물에 담그면 더 잘 빠지지만 피는 예외이다. 핏속 알부민이 뜨거운 물을 만나면 굳어서 섬유에 더 착 달라붙기 때문이다. 피 묻은 옷 세탁 방법을 검색하면, "피의 단백질 성분 때문에 뜨거운 물에 빨면 안 된다."라고 나오는데 그 '단백질'이 바로 이 '알부민'이다. 피가 묻은 옷감은 절대 뜨거운 물로 빨지 말고 차가운 물로 빨아야 한다.

다시 본론인 피와 음식 이야기로 돌아오면, 피를 음식에 사용해서 좋은 점이 원가 절감 외에 더 있다. 바로 철분을 섭취할 수 있다는 사실이다. 노른자에 철분이 있긴 한데, '철분' 하면 단연 피를 꼽을 수 있다. 브라질과 멕시코에서는 철분 결핍으로 빈혈 증세가 있는 어린이를 대상으로 소와 돼지 피를 이용한 초콜릿 쿠키를 제공한 적이 있다. 할로윈 때 재미있자고 딸기시럽을 덕지덕지 묻힌 쿠키가 아니라, 실제 빈혈 개선을 위해 소의 피를 넣어 구운 '피 쿠키'였는데, 아이들은 초콜릿 맛 덕분에 거부감 없이 쿠키를 잘 먹었다고 한다. 그리고 몇 달 뒤 빈혈 검사를 다시 해보니 아이들의 철분 결핍이 상당히 호전되었다.

칠레에서도 소의 헤모글로빈, 즉 소의 피로 철분 강화 우유를 만든 적이 있었다. 맛의 변화는 크지 않았지만, 우유가 라떼 커피 비슷한 색으로 변했다. 그러면 내친김에 "초콜릿 우유로 만들면 되겠네." 싶겠지만 우유 속 피 성분이 빨리 산패되는 통에 우유와 피는 맺어질 수 없는 비운의 조합이었다. 그래서 역시 소의 피를 활용한 쿠키를 만들어 철분 결핍으로 빈혈이 있는 아이들에게 일반 흰 우유와 함께 먹게 했다. 예상대로 초콜릿 맛 쿠키라 아이들이 잘 먹었고, 예상대로 아이들의 빈혈 개선에 도움이 되었다. 게다가 피를 활용한 쿠키는 일반 쿠키보다 지방 함량이 낮아서 이래저래 요모조모 좋은 점이 많았다고 한다.

"그렇다고 애들한테 동물 피로 만든 쿠키를 먹이냐!"라면서 발끈하는 사람이 있을지 모르겠다. 그런데 어른은 애들처럼 초콜릿 맛 쿠키로 둔갑시켜 먹지 않고, 그냥 동물 피라고 버젓이 표시된 걸 먹는다. "내가 언제 그랬냐, 그런 게 어디 있냐!" 하고 또 발끈하는 사람이 있을지 모르겠는데, 철분제가 바로 그런 경우이다. 철분이 풍부하기로 피만 한 게 없기 때문이다.

철분제 포장 상자나 용기의 라벨을 잘 살펴보면 답이 나온다. '헴철', '비헴철' 이런 표현이 있는데, 헴철은 동물성 철분, 비헴철은 비동물성 철분으로 천연 성분도 있지만 화학적으로 합성한 철 성분도 있다. 동물성 철분이라면 보나 마나 당연히 소나 돼지의 피를 원료로 한다. 그러니까 헴철 철분제를 먹는다는 건 동물의 피 성분을 먹는 것과 같다. 헴철은 비헴철에 비해 철 함량이 낮아 변비 등의 부작용은 적지만 체내 흡수율이 높고, 초콜릿으로 피 맛을 가리지 않았기 때문에 피 특유의 gamey, metallic한 맛이 날 수 있다. 영양제 라벨 대부분이 그렇듯 일부러 못 읽게 만든 거 아닌가 싶을 정도로 엄청 작은 글자도 많고 영어 단어도 엄청 많은데, 성질 죽이며 인내심을 갖고 극악무도한 라벨을 잘 읽어보면 bovine, calf, serum 같은 표현을 발견할 수 있다. bovine은 '소'라는 의미이고, calf는 '송아지', serum은 '혈청'이라는 의미이다. 한마디로 이런 단어가 있는 철분 영양제는 소 피로 만들었다는 뜻이다. 사악한 설명서에 작은 한글만 있고 작은 알파벳이 없을 수도 있다. 하지만 그런 철분제라도 '헴철'이라면 bovine, calf 이런 글자가 없어도 죄다 소나 돼지의 핏속 헤모글로빈이 원료이다.

동물의 피를 거부하기 위해 이제부터 빈혈 어지럼증으로 쓰러지고 엎어지고 자빠지는 한이 있어도 헴철 철분제는 안 먹겠다고 두 주먹 불끈 쥐고 결심한 사람이 있다면, 한 번 더 생각해보는 게 좋겠다. 철분제에만 동물의 피가 들어가는 게 아니기 때문이다.

면역력을 높여주는 건강 보조 식품의 라벨 역시 소비자의 알 권리를 침해할 의도가 분명해 보이는 세상 흉악한 설명서가 붙어 있다. 무자비하게 작은 글자도 모자라 줄 간격과 단어 사이 간격까지 최소한으로 잡아 그야말로 다닥다닥 붙여 쓴 설명서를 성질을 죽이고 인내심을 끌어모아 읽어보면 (읽을 수 있다면 말이다) '면역글로불린(immunoglobulin; Ig)'이란 표현을 찾을 수 있다. 이를 사전에서 검색하면, '항체를 포함한 구조적, 기능적 관련이 있는 단백질로 동물의 혈청 내에 어쩌고저쩌고……' 이런 내용이 나온다. 당최 무슨 말인지 모르더라도 '동물의 혈청'이라는 표현에서 대번 감이 올 것이다.

면역글로불린은 면역에 중요한 역할을 하므로 면역과 관련된 치료제나 건강보조식품에 '면역글로불린'이 자주 나온다. 치료제의 경우 자발적인 헌혈에 의한 (피를 사고파는 행위인 매혈은 불법이므로) 사람의 혈장으로 만든 것들이 있고, 모든 건강보조식품이 다 같은 건 아니다. 하지만 "노인을 위한 설명서는 없다."며 울분이 터지는 분노 유발 설명서에 bovine immunoglobulin 단어가 들어가 있다면 이는 소의 피(특히 소의 혈청 bovine serum)에서 면역글로불린을 추출한 제품이다. bovine colostrum이라는 표현이 들어간 면역 보조 식품도 있는데, bovine은 '소'이고, colostrum '초유'라는 뜻이다. 모든 면역 관련 보조 식품이 피로만 만드는 건 아닌 게, colostrum은 사람이나 소 같은 포유류 동물이 출산 후 72시간 내 분비한 진한 모유이다. 사람의 초유를 강제로 뺏어올 수는 없으므로 말 못 하는 불쌍한 엄마 소가 아기 소에게 먹여야 할 초유를 강제로 뺏어다 만든 건강보조식품이다. 이런 사정을 알면 먹기가 다소 민망할 것 같지만 비싸서 못 사 먹지, 소들에게 미안해서 못 먹겠다는 경우는 본 적이 없다.

아무튼 면역 관련 치료제와 건강보조식품 중 사람이나 동물의 혈장을 이용한 것들이 있고, 동물 특히 소의 혈장 그러니까 소의 피를 이용한 것들이 의외로 많다(소, 돼지, 말의 피 모두 사용할 수 있다). 미국 아마존닷컴에 'bovine iron supplement(소 철분 보충제)'라고 검색하면 소의 피(혈장)를 원료로 한 철분제가 줄줄이 나온다. 'bovine immunoglobulin(소 면역글로불린)'이라고 검색하면 아기 소가 먹어야 할 초유를 빼앗아 만든 제품들과 함께 우유를 못 먹는 이들을 위해 소의 혈청에서 추출한 제품도 찾을 수 있다. 쓰러지고 엎어지고 자빠져도 동물의 피는 먹지 않으리라 아무리 두 주먹 불끈 쥐고 굳게 결심했어도, 읽을 수 없게 만든 설명서를 강제로 읽고 확인하지 않으면 나도 모르게 동물의 피를 먹게 될 가능성이 높다는 뜻이다.

참고로 혈장은 혈액에서 백혈구, 적혈구 등 혈구를 제외한 노르스름한 액체가 혈장이다. 혈장은 대부분이 물이고, 알부민과 글로불린, 섬유소 같은 단백질, 그리고 포도당 등이 들어 있다. 혈청은 혈장에서 섬유소를 뺀 나머지이다. 즉 혈액에서 백혈구, 적혈구 등을 빼낸 게 혈장, 이 혈장에서 섬유소 원을 빼낸 게 혈청이다. 동물의 피를 원료로 만든 건강보조식품은 바이러스, 박테리아 등을 제거하고 사람이 먹을 수 있도록 안전하게 처리한다는 건 두말하면 잔소리일 것이다.

showstopper

showstopper는 'show(쇼)+stopper(멈추게 하는 것/사람)'으로 뜻은 '깜짝 놀라게 하는 것/사람, 몹시 훌륭해서 눈에 띄는 것/사람/연기'이다. 이 표현은 쇼(show)라는 개념이 익숙해진 후 생겨난 것으로 최소 수십 년간 특히 엔터테인먼트 비즈니스 관련 분야에서 자주 쓰이고 평범한 일상생활 속 대화나 언론 기사 혹은 글에서도 종종 볼 수 있는 표현이다. 그러나 개인적으로 시험에 나올 것 같지는 않다고 생각한다. 일상적으로 쓰이는 표현이지만, 시험에 나오기에는 다소 힙한 표현이기 때문이다. 다들 알겠지만 시험의 본질상 명사 '시험'과 형용사 '힙한'이 한 문장에 쓰일 수는 없다. 아무튼 사람, 물건 모두 showstopper가 될 수 있다.

이 표현을 어디에서 봤느냐 하면, 속이 훤히 비치는 드레스로 사정없이 멋짐을 뽐낸 제니퍼 로페즈(Jennifer Lopez) 여사의 기사에서다. 로페즈 여사는 1969년생으로 당시 쉰을 훌쩍 넘긴 나이였다. 쉰(50살)은 지천명(知天命)이라 불리는 나이로, '하늘의 뜻을 알 만큼' 나이를 먹었다는 뜻이다. '쉰'이 '반백 년'이라는 몹시 늙고 낡았다는 어감을 풍겨서 안 그래도 열 받는데, 50년이 뭐 그리 오랜 세월이라고 하늘의 뜻을 알 나이라며 어려운 표현을 들이대며 나잇값을 하라고

은근 강요질인지, 다소 (혹은 매우) 부담스럽지 않을 수 없다. 아무 튼 나는 이렇게 생각하지만, 흘러넘치는 멋짐을 뽐내지 않을 수 없 었던 로페즈 여사에게 의상 선택 문제에서 그깟 나이 따위는 고려 의 대상이 될 수 없었던 모양이다.

J Lo was a total showstopper in her jaw-dropping see-through dress.
제니퍼 로페즈는 속이 비치는 가공할 드레스로 사람들을 깜짝 놀라게 했다.

직업, 외모, 연세에 상관없이 속이 훤히 비치는 드레스를 입고 공식 석상에 등장하면 로페즈 여사가 아니어도 누구나 showstopper 가 될 수 있을 것 같지만 실은 그렇지 않다. 로페즈 여사가 입으면 showstopper라 불리지만, 일반인이 입으면 '미치광이' 혹은 '관종'이 라 불리거나 더 나아가 풍기 문란으로 신고를 당할 가능성이 높다. 또 로페즈 여사가 입으면 연예 기사에 실리고, 일반인이 입으면 사 건 사고 기사에 실릴 것이다. 같은 사건을 다른 기사에서는 여사를 이렇게 표현했다.

J Lo can be a showstopper when she is not even in the show.

제니퍼 로페즈는 심지어 쇼에 출연하지 않은 상태에서도 쇼를 멈추게 할 정도의 인물이 될 수 있다.

showstopping도 종종 쓰이는데, 'show(쇼)+stopping(멈추는, 멈추게 하는)', 즉 '쇼를 멈추게 할 정도로 놀라운, 대단히 인상적인'의 의미로 showstopper는 명사, showstopping은 형용사이다. 이와 비슷한 '놀라운'이라는 뜻을 가진 표현으로 아래와 같은 것들이 있다.

＊ breathtaking: 숨(breath)을+누가 가져가는(taking), 즉 숨 막힐 정도의

＊ eye-popping: 눈(eye)이+튀어나올 정도의(popping), 즉 눈이 휘둥그레지는

＊ eye-catching: 시선/눈(eye)을+잡는(catching), 즉 시선을 사로잡는, 관심을 끄는

＊ head-turning: 머리(head)가+돌아가는(turning), 즉 놀라서 고개(시선)가 돌아가는

＊ jaw-dropping: 턱(jaw)이+아래로 떨어지는(dropping), 즉 입이 쩍 벌어지는

어감과 의미에서 약간의 차이가 있지만, 모두 '놀라운'의 의미를 재미나게 표현했다. showstopper/showstopping처럼 'head-turner(시선

을 끌 정도로 놀라운 사람/것'이라는 명사는 형용사 'head-turning(놀라운)'으로, 역시 명사인 'eye-catcher(시선/관심을 사로잡는 것/사람)'는 형용사 'eye-catching(시선을 끄는)'으로 쓰인다. 그 외 나머지 단어는 형용사 형태로만 쓰인다.

'세인의 관심을 끌고 관심을 받는' 게 직업인 연예인의 본분에 충실한 로페즈 여사의 see-through dress 덕분에 showstopper라는 표현을 알게 되었지만, 보온의 역할도, 사회 규범에 맞게 신체를 가리는 역할도 전혀 수행하지 못하고 오로지 패션의 역할에만 충실한 여사의 드레스보다 더 showstopping한 사진이 있다.

바로 이 사진이다.

이 정도면 사진 속 여성을 showstopper, head turner, eye-catcher라 부르는 데 절대 이견이 없을 것이다. 관종 스타일 화장인가 '워너비 조커' 분장인가 헷갈리는데, 놀랍게도 영구적으로 얼굴을 물들인 문신이다. 신기한 건 이렇게 입술에 조커 문신을 한 다른 여러 사람의 사진을 살펴보면, 남자는 없고 다 여자들이다. 다시 말해서 조커 문신은 이 문화권에서 여자만 하는 문신이다. 그러니까 showstopper가 되

❋ 입에 문신을 한 아이누족 여성

려면 로페즈 여사 정도는 되어야 하는데, 이 민족의 여성들은 죄다 showstopper라고 할 수 있다.

　옷이나 모자 등 장신구로 봐서 요즘 사람들은 아닌 듯한데, 이 국적이고 신비한 매력이 물씬 풍기는 이들은 아이누족이다. '아이누'라는 표현은 아이누족 언어로 신성한 존재와 대비되는 의미의 '인간'이라는 뜻이다. 조커 분장을 널리 알린 것은 D.C.코믹스의 조커 캐릭터지만, 아이누족의 역사가 약 1만 년, 최소 7천 년 이상임을 감안할 때 조커 분장의 원조는 아이누족이고 정작 조커는 짝퉁이라 해야 할 것이다.

　아이누족은 원조도 아닌 조커에게 원통하게도 명칭을 빼앗긴 소위 '조커 문신' 외에 여러 가지 면에서 showstopper 표현을 떠올리게 한다(로페즈 여사의 속이 훤히 비치는 옷과는 달리). 보온과 패션 두 마리 토끼를 모두 잡은 듯한 겉옷으로 판단할 때 추운 지역에서 사는 듯하고, 가히 초현실적인 수준의 가공할 숱이 돋보이는 머리털과 수염, 그리고 살짝 패인 안구와 이국적인 눈알은 호주 원주민이 생각난다. 어떤 사람은 동남아시아인이나 몽골인 같은데, 또 어떤 사람은 유라시

✳ **1904년 마탄 푸시를 입은 아이누 지도자**

아 계열의 백인인가 싶기도 하다.

　　아이누족을 보면 showstopper 표현이 떠오르는 첫 번째 이유, 이들이 호주나 동남아시아, 러시아가 아닌 일본에 사는 일본인이기 때문이다. "저 비주얼이 일본인?" 싶지만, 아이누족은 일본 국토에 살며 일본 국적을 가진 일본인이다. 아는 사람은 이미 알겠지만, 일본은 대한민국처럼 하나의 민족이 아니었던 것이다. 아이누족은 일본의 소수 민족 중 하나로 일본에 살지만, 아이누족만의 독특한 문화와 전통, 고유어를 가지고 있다.

　　우리나라는 하나의 민족이라 생김새가 달라봤자 거기가 거기라고 할 수 있다. 물론 사람에 따라 얼굴 크기며 코 높이, 다리 길이, 피부 색깔 등 모든 면에서 달라도 너무 달라 '이 정도면 아예 종이 다른 거 아닌가?' 싶은 경우도 있기는 하다(이를테면 연예인 소두족과 일반인 대두족). 하지만 우리는 하나의 민족이 하나의 나라를 구성하고 있어 '소수 민족'이라는 게 아예 없다. 그런데 서양인의 눈으로 볼 때 우리와 비슷하게 생겼다고 여겨지는 중국과 일본은 단일 민족 국가가 아니다. 우리나라처럼 중국인들 역시 다 비슷하게 생겨서 거기가 거기인 거 같지만, 중국은 무려 56개의 민족으로 구성된 다민족 국가이다. 한(漢)족이 인구의 약 90%를 차지하고 나머지 10%에 해당하는 인구는 55개 소수 민족으로 구성되어 있다. 겨우 10%라는 소수 민족의 수가 후덜덜하게도 우리나라 전체 인구의 두 배인 약 1억 명이다. 중국의 소수 민족은 신장 위구르족의 인권 문제 때문에 많이 알려져 있다.

일본 역시 소수 민족이 있는 다민족 국가이다. 시진핑 주석이 공개적으로 우려할 정도의 심각한 저출산 경향으로 인구가 14억대로 감소해 인도에 인구 1위 자리를 내주며 충격에 휩싸였다는 중국의 소수 민족이 56개인데 반해, 12년째 인구 감소가 이어지면서 2023년 기준으로 역대 최악의 인구 절벽에 내몰려 외국인 유입이 시급하다는 1억 2천만 인구의 일본은 소수 민족이 고작 둘뿐이다. 인구수 차이가 소수 민족의 차이에서도 여실히 드러나는 듯하다(소수 민족도 없고, 인구 5천만 명 유지조차 미션 임파서블이 되어 가는 우리나라 입장에서 이웃 나라의 인구 감소 문제는 대단히 같잖고 몹시도 가소로워서 좋게 표현해도 '호들갑'으로 보인다).

일본의 두 소수 민족은 앞서 나온 아이누족과 류큐족으로 외모상 이질감은 류큐족보다 아이누족이 더 강하다. 류큐족은 류큐와 대만 사이의 류큐 열도에 거주하고, 아이누족은 홋카이도, 사할린, 쿠릴 열도에 거주한다. 다른 지역에 비해 홋카이도에 사는 아이누족이 많다. '소수 민족'이라는 표현답게 1억 2천만이 넘는 일본 인구 중 2만 명 정도로 예상하는데, 일본의 소수 민족 억압·동화 정책에 따라 일본인화된 경우도 많고 출신을 속이는 경우가 많아 정확한 수는 알 수 없다고 한다. 하지만 순수 아이누족 혈통 인구수

가 급격히 줄어들었고 계속 줄고 있다는 건 확실하다.

홋카이도의 한자가 '北海道(북해도)' 즉 '북쪽 바다에 있는 길'인데 지도를 봐도 일본 본토를 기준으로 북쪽에 위치해서 한국보다는 러시아와 더 가깝다. 그래서 아이누족의 외모가 동양인스럽기보다 서양인스러운 것일까? 또 그래서 머리숱과 수염 숱이 이보다 더 빼곡할 수 없을 정도로 가공할 수준인 걸까? 또 그래서 안구는 좀 패이고 인중이 긴 것일까(농담이 아니고, 머리카락, 수염이 난 부위에 모기가 피 한 방울 빨아 먹겠다고 호기롭게 들어갔다가 빠져나오지 못해 갇혀 죽었다고 해도 놀라지 않을 만큼, 숱이 정말 어마무시하다).

아이누족 백인설이 있긴 있었다. 처음 아이누족을 본 유럽의 탐험가들은 러시아에서 온 농부라 생각했다고 한다. 하지만 아이누족 중에는 피부와 눈알이 백인 같은 경우도 있지만, 피부가 일본인(평균 아시아인)보다 더 어두운 경우도 상당해서 아이누족을 백인과 동양인 중간이라고 하기는 어렵다. 실제로 아이누족 중에 폴리네시아인, 호주 원주민, 동남아시아인으로 보이는 사람들이 있고, 일본인이나 한국인처럼 보이는 경우도 더러 있다.

일본 열도에 사는 일본인이지만 아이누족은 일본인들과 외모만 다른 게 아니다. 언어도 고유어가 있고, 생활방식, 문화, 전통 등 모든 게 다르다. 마치 일본 내 외국 같은 느낌이다. 그러니 이들이 일본인이라고 하면, showstopper 표현이 생각날 수밖에 없다. showstopper 표현을 써서 아이누족을 영어로 설명해보자.

They are showstoppers considering the fact
that they are Japanese even though they don't look like it.
그들이 일본인처럼 안 생겼는데 일본인이라는 사실을 감안할 때
그들은 눈에 띄는 사람들이다.

너무 달라서 싫었던 것일까? 일본은 1869년 메이지 유신을 시작으로 본격적으로 아이누족 말살 정책을 시행했다. 사실 그전에도

일본 본토인들은 열도에 널리 퍼져 살던 아이누족의 땅을 조금씩 점령했고, 아이누족은 쫓겨나기를 반복하다 결국 홋카이도 등 일부 지역에만 살아남아 명실상부 자타공인 명명백백한 '소수' 민족이 되었다. 그나마도 메이지 유신 이후 일본은 아이누족의 땅을 완전히 몰수해버렸다.

아이누족의 토지 소유권을 강탈한 후, 일본은 아이누족에게 일본어와 일본식 생활을 강요했다. 일종의 민족 문화 말살·동화 정책을 펼친 것인데, 우리나라 일제 강점기와 비슷하다고 보면 된다. 1899년 '홋카이도 구(舊) 토인 보호법'을 제정하여 아이누족 고유어 사용을 금지했고, 아이누족 학교에서 일본식 교육을 시행했으며, 일본식으로 이름을 바꾸고, 아이누 고유 풍습도 모조리 금지했다. 가장 어이없는 것은 아이누족 대부분이 수렵으로 먹고사는데 이 법에 수렵 금지 조항이 있었다는 사실이다. 일본은 아이누족의 토지 소유권을 빼앗은 후 땅을 얼마 나누어 주고 농사를 짓게 했는데, 농사에 익숙하지도 않고 토지 임대·소유의 개념이 없던 아이누족이 농사의 달인인 일본인들에게 사기 등으로 땅마저 빼앗겼다는 건 전혀 놀랍지 않은 결과였다. 땅도 없고 수렵도 금지된 상태에서 먹고살 도리가 없어진 아이누족의 극빈층 몰락은 따 놓은 당상이었다.

이렇듯 '홋카이도 구 토인 보호법'은 '보호법'이라는 양의 탈을 쓴 '말살법'이었다. 여기서 '토인'이라는 건 문명화된 시대를 기준으로 비문명화된 지역에서 미개하게 사는 사람을 뜻하니까 '홋카이도

구 토인'은 '홋카이도에 사는 옛 미개인' 즉 아이누족을 뜻한다. 당연히 아이누족은 반발했다. 하지만 소위 보호법에 의해 보호받기를 혹은 말살되기를 거부한 아이누족은 고통스러운 차별을 겪어야 했다. 민족이 말살되는데 그깟 차별이 대수냐 싶을 수도 있는데, 차별에 따른 극강 가난은 생명의 위협이 되는 수준이었다. 어쨌든 보호법에 의해 결과적으로 아이누족 대부분이 극빈층으로 몰락했지만 말이다.

이런 상황이 계속되면서 어쩔 수 없이 일본의 동화 정책을 따르거나 다른 지역으로 이주해 이름을 바꾸거나 일본 본토인과 결혼하거나 (또는 굶어 죽지 않으려고 먹고살 만한 일본인의 첩이 되거나) 아이누 출신임을 감추고 사는 경우가 늘어났다. 왜 일제 강점기 우리나라처럼 독립운동을 하지 않았나 싶을 텐데, 독립운동을 안 한 것은 아니었다. 독립을 위해 애를 썼지만 (심지어 지금도 아이누 민족당이라는 작은 정당이 홋카이도를 중심으로 아이누족 권익 증진을 위해 활동하고 있다) 말살 정책이 그만큼 가혹했다.

가혹했다면 얼마나 가혹했느냐 하면, 부정적인 의미에서 show-stopping, head turning, eye-catching으로 그 가혹함을 다 표현할 수 없을 정도였다. 그도 그럴 것이 당시 일본 본토에서는 아이누족을 아예 사람으로 여기지 않았다. 토인, 미개인으로 취급한 건 그나마 잘 봐준 경우이다. 일본의 1990년대 역사 교과서의 홋카이도 개척사를 다룬 부분에 "홋카이도에 사람은 살지 않고 곰과 아이누족만

산다."라고 기술한 것만 봐도 알
수 있다. 그러니까 일본의 시각
에서 아이누족은 곰도 아니고
사람도 아니었다.

1903년 오사카 박람회에서
이런 일도 있었다. 학술 인류관
부스에 발달한 문명국가의 문
명인인 일본인에 비해 몹시 미
개해서 하등한 인간으로 취급
할 수밖에 없는, 그래서 동물원
의 동물처럼 전시해도 되는 인

✽ 〈파리 만국 박람회 한국관〉 1900년 4월
개최된 파리 만국 박람회에 세웠던 한국관
의 모습. 태극기, 지게꾼 등을 그려 한국인
의 모습을 담으려 하였으나 형편 잃어, 일
본식 우산 등도 그려 일본 풍물과 혼동한
모습이다.

간 같지도 않은 인간으로 아이누인을 전시했다. 인형, 사진 이런 거
아니고, 일종의 울타리 같은 걸 쳐 놓고 살아 있는 사람들을 교육
용 전시 자료로 전시한 것이다. 당시 함께 전시된 또 다른 '인간 같
지도 않은 인간'으로 일본의 또 다른 소수 민족인 류큐인, 대만인
그리고 조선인도 있었다. 식겁하고 기겁하여 입에 게거품을 물어도
시원치 않지만, 인권에 대한 기본적인 인식도 개념도 부족했던 과거
에 인간을 동물원의 동물처럼 전시한 사례는 유럽, 북미 등에서도
심심치 않게 찾을 수 있다.

이렇듯 아이누족을 아예 사람으로 취급하지도 않았으니, 아이

누족 말살 정책이 얼마나 지독하고 무시무시했을지 대충 상상이 갈 것이다. 우리나라 일제 강점기와 오버랩되기도 해서 눈물 없이 들을 수 없는 아이누족의 맴찢 스토리는 이 정도로 하겠다.

아이누족이 일본인이라는 사실 말고도, 아이누족은 여러 면에서 showstopper 표현이 떠오른다. 여성들의 조커 문신도 그렇고, 남성들의 그보다 더 풍성할 수 없는 머리카락이나 수염 숱도 그렇고, 특히 패션 센스를 빼놓을 수 없다. 사진이 찍힐 당시 상황이 이래저래 고달픈 시절이라 그런지 다들 표정이 무뚝뚝한 듯 다소 화가 난 듯 한마디로 표정이 우중충한데, 이들이 입은 옷은 이와 반대로 화사하고 화려하기 그지없다. 대부분이 흑백 사진이라 색깔을 정확히 알기 어렵지만, 대번 시선을 사로잡는 기하학적인 무늬는 속이 훤히 비치는 드레스와 비교해도 손색이 없는 showstopper라 하겠다. 이런 무늬의 옷은 모델이 입으면 패션의 선구자가 되지만, 일반인이 입으면 패션 테러범이 되기 십상인데, 아이누족은 과감하고 대범한 스타일을 너끈히 소화하여 동시대 다른 문화권 사람들과 비교할 때 로페즈 여사에 견줄 만한 showstopper가 아닌가 싶다.

아이누족 출신이라는 이유만으로 일본에서 이지메 즉 왕따를 당했거나 현재 당할 가능성이 있다는 건 일본 내에서 비밀이 아니다(당연한 말이지만 모든 일본인이 모든 아이누인을 이지메시킨다는 건 아니다. 이지메나 왕따는 소수 민족이 있든 없든 전 세계 어디서나, 동서

고금을 막론하고, 애 어른 가리지 않고 발생한다). 비밀로 하면 되지 않나 싶지만, 외모가 남다른 경우는 아니라고 숨기거나 우기기도 쉽지 않을 것이다. 다만 지금은 과거에 비해 차별과 이지메가 많이 줄었다고 한다. 그런데 감출 수 없는 아이누족만의 매력으로 도리어 showstopper가 된 경우도 없지 않다.

아베 히로시는 190cm에 육박하는 장신에 지방 없는 근육질 몸, 거기다 head turning, eye-catching의 사전적 의미가 단박에 이해되는 이목구비 덕분에 직업이 모델 겸 배우라는 사실이 조금도 놀랍지 않은 일본의 자타공인 미남 배우이다. 〈결혼 못 하는 남자〉, 〈트릭〉 등의 작품으로 한국에도 이름이 알려져 있는데, 눈치챘겠지만 그는 아이누족 출신이다.

연기를 잘 못하던 배우 초창기 시절 "얼굴만 믿고 연기 죽 쑨다."라는 비난을 엄청나게 받았다는데, 아이누족 특유의 매력이 좔좔 콸콸 흘러넘치는 그의 외모가 그만큼 저세상 수준이었기 때문일 터다. 물론 연기를 못 했다는 뜻도 있을 것이다. 하지만 외모가 저 지경인데 연기자가 연기 좀 못하는 게 대수인가, 생각한 사람도 꽤 있었다. 예나 지

⊛ 아베 히로시

금이나 우리 사회는 외모 지상주의의 강력한 지배하에 있기 때문이다. 아무튼 이후 그는 천생 모델, 얼굴 천재로 만족하지 않고 계속 연기에 도전했고, 현재는 2022년 뉴욕 국제 아시아 영화제 남우주연상 수상에 빛나는 연기파 배우이다.

일본의 showstopper 이야기가 나온 김에 정말이지 입이 쩍 벌어지고 고개가 절로 돌아가고 시선을 사정없이 사로잡는 showstopper 사례를 하나 더 소개하고자 한다. 주인공은 한국인 출신으로 일본에서 활동하던 무술인인데, 상남자란 어떤 것인지 매우 극단적으로 보여준 그야말로 showstopper의 화신이다.

이분은 일제 강점기 한국에서 태어나 일본에서 학교를 다녔다. 어려서부터 택견, 씨름 등을 즐겨 싹수가 딱 상남자였던 그는 일본

에 건너가 대학에서 재능을 살려 체육을 전공했고, 상남자라면 당연히 하나쯤 마스터해야 할 격투기 무술로 가라테를 선택했다. 상남자의 전통에 따라 입산수도(入山修道), 즉 산에 들어가 혹독한 훈련에 정진한 그는 20대 중반의 나이에 상남자스럽게도 동경 무도 대회에서 가라테 부분 우승을 차지해 자타공인 명실상부 명명백백한 '고수'가 되었다. 무술의 고수가 되는 것만으로는 상남자스러움을 제대로 표현할 수 없다고 느꼈을까, 그는 가라테를 실전 격투에 더 적합하도록 바꾼 극진공수도(또는 극진가라테)를 창시했다. 그리고 누가 상남자 아니랄까 봐 각종 무술 대회에서 상을 싹쓸이했고, 전 세계를 순회하며 유명 무술인들과 100회 이상 대결을 펼쳤다. 상남자답게 대결 족족 승리를 거머쥐면서 그는 상남자의 전형인 무술인들 사이에서도 전설이 되었다.

이에 따라 자연스럽게 상남자의 필수 요건인 '다소 황당하고 매우 비현실적인 무용담'이 돌기 시작했다. 이런저런 무용담이 생산, 유통되는 과정에서 사실과 소문, 팩트와 픽션이 섞이더니 기어이 현실과 초현실의 경계를 넘나드는 이야기가 생겨났다. 이를테면 장검을 든 검객 사무라이와 맨손으로 싸워 이겼다, 유도 고단자 100명과 1대 100으로 싸워 죄다 쓰러뜨렸다, 맨손으로 47마리의 황소를 제압해 뿔을 꺾었다…… 등이다. 이러니 그를 '상남자란 어떤 것인지 매우 극단적으로 보여준 showstopper의 화신'이라 부를 수밖에.

이 전설적인 상남자의 이름은 최배달이다. 본명은 최영의인데,

일본에 건너가 한국인임을 감추지 않기 위해 일부러 '배달민족'의 그 '배달'을 이름으로 삼았다. 당연한 말이지만 음식 배달 앱 이름의 '배달'이 아니라, 우리나라를 가리키는 '배달민족(倍 곱 배, 達 통달할 달, 民 백성 민, 族 겨레 족)'의 그 '배달'이다.

이미 무술인들 사이에서는 이름이 나 있었던 최배달이 대중적인 인기와 유명세를 타게 된 건 그의 전기를 다룬 스포츠신문 연재 만화인 방학기 화백의 〈바람의 파이터〉 덕분이다. 이후 같은 제목으로 만화책(10권)과 소설(3권)이 나왔고, 영화(양윤호 감독, 양동근 주연)로도 제작되었다. 고우영 화백의 만화 〈대야망〉, 일본 작가 카지와라 잇키가 일본 스포츠 신문에 연재한 만화 〈공수도 바보 일대〉도 최배달이라는 상남자의 일생을 소개한 전기 만화로 한국과 일본에서 적지 않은 인기를 얻었다.

지금처럼 웹툰이라는 게 없었던, 호랑이가 담배 피우던 시절인 1980년대에는 종이로 된 만화책이나 스포츠 신문에 연재된 만화가 주류였다. 당시 〈바람의 파이터〉가 신문 연재 만화, 만화책, 소설, 영화로 나오는 족족 인기가 하늘을 찌를 수 있었던 건, 상당한 무술 실력을 갖춘 극강 상남자 캐릭터와 대중의 기대에 부응한, 즉 클리셰의 진수를 보여준 스토리 덕분이었다. 잠시 스토리를 보자. 한국인으로 태어나 가라테의 본고장 일본으로 건너가 무술 고수가 된 주인공은 세상 아름답고 가녀린 미녀를 운명적으로 만나고, 미녀 때문에 일본의 폭력배들과 얽히고설켜 갈등을 겪던 중 놀랍지 않게도 미녀가 납치되고, 오로지 맨손으로 폭력배들을 깡그리 자빠뜨리고 때려눕혀 미녀를 구출한다.

기본 스토리 라인이 이렇다 보니 액션 장면에 해당하는 무용담이 비현실적이지 않으면 다른 데서 재미나 흥미를 만들어낼 도리가 없었고, 거의 모든 에피소드가 논픽션보다 픽션에 더 가깝다는 건 당연한 일일 것이다. 팩트가 뒷받침된 논픽션도 아니고, 고증 과정을 거친 역사 소설도 아닌, 상당히 멋지고 꽤 유명한 무술인이 주인공인 전기만화 혹은 소설이었으니 그다지 놀랄 일은 아니고, 허구라며 분노할 일도 아니었을 것이다.

애초 신문 연재만화일 때부터 영웅 스토리에 일반적(혹은 필연

적)으로 뒤따르는 허구가 많았고, 소설과 영화로 제작되는 과정에서 실제 최배달이라는 인물의 실제 인생 이야기는 '없다'고 할 수는 없지만 '많다'고 할 수도 없었다. 호랑이가 담배 피우던 시절인 1980년대에는 〈바람의 파이터〉에 나온 에피소드가 사실인지 아닌지 확인하기도 쉽지 않았고 이를 따지는 사람도 별로 없었다. 게다가 주인공 최배달이 실존 인물이고 실제 대단한 무술인으로 명성이 자자했기에 많은 사람이 〈바람의 파이터〉를 다큐멘터리로 받아들일 만도 했다. 혹자는 〈바람의 파이터〉는 실존 인물 최배달과 동명이인인 가공의 인물이 주인공인 재미있는 허구라고 말하기도 한다.

참고로 일본 스포츠 신문의 연재만화 〈空手バカ一代(공수도 바보 일대)〉의 '바보(バカ)'는 우리가 알고 있는 '멍텅구리'의 유의어인 그 '바보'가 맞다. 이 만화가 최배달을 주인공으로 한 만화이긴 하지만, 역시 최배달의 실제 인생과 살짝 비슷할 뿐 허구의 이야기가 많다. 그러나 최배달을 일본 대중에게 유명하게 만든 만화이기도 해서 이 만화 덕분에 최배달의 별명은 '공수도 바보'가 되었다고 한다.

영화 포스터에 '신화가 된 실화'라 나와 있다며 발끈하는 사람이 있을지도 모르겠다. 하지만 실화와 신화는 본질상 공통점이 있을 수 없기에 이런 문구가 쓰여 있다고 해서 반드시 모든 내용이 사실이어야만 하는 건 아니다.

게다가 영화 포스터에 적힌 표현을 그대로 믿는 사람은 없을 것이다. '충격적인 미친 몰입감'이라는 영화 포스터의 문구를 곧이곧

대로 믿고 영화표를 사는 사람이 없는 것처럼 말이다. 재미있다기에 피 같은 돈을 주고 영화표를 샀는데, 몰입은 고사하고 졸음이 쏟아져 자기 허벅지를 꼬집으며 상영 시간을 겨우 버텨내는 웃기지도 않은 일도 종종 있다. 이런 충격적인 미친 지루함을 겪어도 포스터에 허위 사실이 적시되었다며 경찰에 신고하지는 않는다. 요즘은 누구나 온라인으로 영화 리뷰를 올릴 수 있으니, 혹시 영화 포스터 문구에 낚였다면 평점을 빵점으로 주면서 '안 본 사람이 승자' 같은 한 줄 평가로 소심한 복수를 하면 된다.

그렇다면, 이보다 더 상남자일 수 없는 상남자의 최고봉에 등극한 showstopper 최배달에 관련된 이야기 중 어디까지가 사실일까?

최배달은 일제 강점기인 1923년 김제에서 태어나 학창 시절에 일본에 건너가 가라테를 배운 뒤 극진공수도를 창시했으며, 각종 무술 대회를 평정한 건 물론이고 서양 여러 나라를 다니며 유명 무술인, 격투기 선수들과 대결을 펼쳤다. 그는 세계 곳곳에 극진공수도 도장을 열고 제자를 양성했으며 이러한 공로를 인정받아 요르단 왕실과 브라질 정부에서 훈장 및 공로상까지 수상했다. 여기까지는 사실이다.

문제는 〈바람의 파이터〉와 같은 작품에 등장한 이런저런 무용담이다. 이를테면 그가 일본의 유능한 검객 료마와 맨손으로 싸워

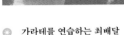 가라테를 연습하는 최배달　　　　　　황소를 맨손으로 쓰러뜨린 최배달

이겼다는 소문이 있다. 당연한 말이지만 상대는 검객이니까 장검을 들고 있었는데도 맨손으로 때려눕혔다는 것이다. 이런 식의 상상초월 무용담이 퍼지면서 한 판 붙어보자며 찾아오는 사람들이 너무 많았다고 한다. 아무나 겪을 수 없고 오직 상남자만이 겪을 수 있는 매우 희귀한 애로사항이 아닐 수 없다. 아무튼 대결 요청이 쇄도하자 그는 너무 번거로운 나머지 카메라 앞에서 황소와 붙었다. 느닷없이 웬 황소인가 싶을 텐데, 여러분이 잘못 읽은 게 아니라 이 전설적인 상남자는 황소와 대결해서 맨손으로 47마리의 뿔을 꺾었고 이 중 네 마리가 즉사했다. '나의 힘과 무술 클라스는 이 정도니까 제발 조무래기 잔챙이 싸움꾼들 좀 그만 찾아오라.'는 건데, 대결을 거절하는 방식도 이 정도는 되어야 진정한 상남자라고 할 수 있을 것이다.

　먼저 일본 장검을 든 료마와 맨손으로 싸워 이겼다는 내용의

글은 있지만 이게 사실인지 여부는 확인되지 않았다. 증거가 될 만한 영상이 없으므로 관련 글을 참고할 수밖에 없는데, 믿는 이도 있고 장검을 들고 덤비는 노련한 사무라이를 맨손 주먹질과 맨발 발길질로 제압한다는 건 현실적으로 불가능하다는 이도 있다. 아무튼 최배달과 료마와의 대결은 영화 〈바람의 파이터〉에도 등장한다.

※ 최배달을 기념하는 기념석과 명판(헝가리)

그리고 황소 뿔의 경우 영상이 있긴 하지만, 영상만으로 판단할 때 '실제 맨손으로 황소의 뿔을 잘라낸 게 확실하다.'며 이게 사실이 아니면 내 손에 장을 지진다고 100% 장담하기는 어렵다. 1950년에 찍힌 영상이라 흐려서 잘 안 보인다는 뜻이 아니다. 황소와 맞붙은 건 맞는 듯하고, 뿔이 손상된 황소가 최배달 앞에 쓰러져 있는 장면도 확실히 나온다. 다만 최배달이 황소의 코뚜레를 쥐어 잡고 있다가 영상이 끊기고 뿔 잘린 황소가 쓰러져 있는 장면으로 넘어가 조작이라는 설이 있다. 또 애초에 극진공수도를 널리 알리려는 의도로 만든 영상이니까 '조작'이라는 표현은 민망하고 '기획 홍보 영상'이라 해야 한다는 의견도 있다. 어쨌든 간에 황소의 뿔을 잘라내는 명확한 장면은 없다. 그러나 최배달의 대표적인 이미지는 황소의 코뚜레를 쥔 최배달의 사진이라 할 만큼 유명한 사건이다. 1954

년에 유도 고수자 100명과 1대 100으로 싸운 건 사실이다. 100명이 동시에 최배달을 공격한 건 아니고, 연달아 100명과 대결을 했고 단 한 번도 패하지 않았다고 한다.

어디까지가 사실이고 어디까지가 허구 순도 99%의 무용담인지 애매한 면이 없지 않고, 초현실적인 멋짐이 강조되다 보니 단순히 상남자 코스프레라고 매도하는 경우도 있다. 하지만 이는 과도한 매도이다. 최배달은 '상남자란 어떤 것인지 매우 극단적으로 보여준 showstopper의 화신'일 정도로 실제 무술에 뛰어났고, 극진공수도와 함께 정의, 수련 등의 가치를 외국 여러 나라에 알린 업적 역시 명백한 사실이기 때문이다.

확실한 건 최배달이라는 상남자가 ① 로페즈 여사의 생살이 훤히 비치는 옷, ② 조커도 울고 갈 아이누족 여성들의 조커 문신, ③ (특히 모기 입장에서 기겁할 수준의) 아이누족 남성들의 머리카락과 수염의 숱, 그리고 ④ 얼굴 천재 아베 히로시의 저세상 비주얼과 견주어도 전혀 꿀리지 않는 명실공히 showstopper라는 사실이다. showstopper 반열에 오르고 싶은 사람이 있다면 상기의 예를 참고하면 좋을 듯하다.

현대 의학의 도움으로도 길고 가느다란 기럭지에 얼굴까지 천재이기가 쉽지 않고 (사실 꽤 어렵고), 분장이 아닌 조커 문신을 얼굴에 새기기도 뭣하고, 머리카락이나 수염 숱을 수련이나 노력으로 많게 할 수도 없는 노릇이니, 속이 훤히 비치는 옷을 입는 게 그나마 가장 수월해 보이지만 풍기 문란으로 고발당할 위험이 있으므로……. 개인적으로 showstopper 꿈나무들에게 '맨손으로 황소 47마리의 뿔 꺾기'를 추천한다.